友達じゃないかもしれない

上坂あゆ美　ひらりさ

中央公論新社

目次

友達じゃないかもしれない

友達と他人

◯ひらりさ（一一月一五日）

こんばんは。現在、火曜夜の九時半です。会社の仕事をやっと終えて、この文章を書き始めた。パソコンの前に座る気力が残ってなくて、ひとまずスマートフォンで、Gmail の編集画面にぽちぽち打ち込んでいる。

現在の職場に転職してもうすぐ一年経つ。フレックスタイム制だから自由な時間に出勤退勤していいのだが、エンタメ系企業なせいか、全社的に始業が遅い傾向にある。昼過ぎから働き、深夜まで稼働する人が多数派だ。

兼業文筆家として働く私の理想は、朝九時出勤夕方六時上がり。……なのだが、どうしても多数派に引きずられている。仕事が終わると疲れ切ってそのまま寝てしまう日も多い。

それでも隙間時間をパッチワークのように寄せ集めて、エッセイや書評を書いたり、インタビュー取材や対談取材を受けたりして、「兼業文筆家」の体裁を保っている。

子育てしながら会社員してる人も、こういう歯痒さを抱えているのかな。いや、子育てしてないのにわかった気になっちゃダメだな。

っていうかこのままだと、私は結婚とか出産とかする余裕ないな。

したいかどうかも、三四歳になった今でもわからんけど……。会社員と文筆業とオタク業に持っている時間を余すところなく注ぎ込んできたので、そもそも結婚とか出産に至る程度の人間関係も構築できていないし……。

ひとりで思考をめぐらせていると、歳《とし》をとったせいか「孤独死」という言葉もポップアップしてくる。会社員を終えて文筆家モードに切り替える合間、ぼろぼろの格好で駅前に夕飯（主にマクドナルド）を買いにいくときにふと、感情の行き場がなくなって、喉から声が出てくることもある。「孤独死したくない！」とか言うとさすがに道ゆく人がギョッとすると思うので、「ぽにゃー」とか「ぶにゅー」とかで済ませる。兼業文筆家でなくても、共感できる三〇代はいらっしゃるんじゃないでしょうか。

とはいえ、歳をとったせいではないのかもしれない。

振り返れば、

プライベートについて考えてめちゃ気が滅入る
↓反動でめちゃくちゃ仕事／勉強する
↓疲れて全部投げ出したくなる
↓現実逃避で、実りのない恋愛に全ベットする
↓早晩すべてがおしまいになり、うつで寝込む

というサイクルを、人生で五回はやらかしている。昔からこういう人間なのでした。

短歌を始めたのは、前回の「寝込み」期間のことだ。忘れもしない、二〇二二年の五月。詳細は省くが、ルーベンスの絵の前で死を待つばかりのネロ並みに衰弱していたわたしに、「もう、短歌を詠むしかないよ」「私に送ってくれたら、読むよ」と言ってくれた人がいた。

それが歌人・上坂あゆ美でした。

知り合ったのは、二〇一九年の頭くらいかな？　出会った頃の上坂さんは新聞歌壇への投稿はしていたものの、歌集は出しておらず、歌人でもなかった。でも Twitter のフォロワーが異様に多かった。野生の「おもしれー女」として当時の同僚から紹介を受け、事実めちゃくちゃおもしれー人だったので、その後もたまにごはんに誘った。

シロナガスクジラのお腹でわたしたち溶けるのを待つみたいに始発

上坂あゆ美『老人ホームで死ぬほどモテたい』

上坂さんの中で私が「知人」から「友達」に移行した瞬間は、上坂さんに歌集出版のオファーが来た時なのかな？　と思っている。

短歌には全く詳しくなかったものの、本を出版した経験がある私に、上坂さんがアドバイスを求めてくれ、僭越ながらちょこちょこ意見を言った。反対に、上坂さんにも、「おもしれー女」として私の単著に登場してもらい、「女と女」をテーマにした私の同人誌に短歌を寄稿してもらうようになった。気づけば共通の知り合いも増え、お互い猫を飼ってからは留守中の世話を引き受けることも発生し……、最後に、短歌を送り、見てもらう関係にまでなったのが、昨年なのだった。

知り合った当初は想像してなかったなー。

短歌を詠むしかないと言われたときの私は、人生に迷いすぎて、なぜかイギリスに留学していた。街中に日本語がわかる人がいないのをいいことに、「死にてー」「さみしー」と直接的に発して暮らしていたのだが、AmazonGlobalでこつこつ歌集を輸入し、iPhoneのメモ帳にぽちぽち歌をつくって、ＬＩＮＥでぱらぱら上坂さんに送りフィードバックをもらううちに、そんな独り言は消えていった。

上坂短歌ブートキャンプを受けた、と今までうそぶいていたが、上坂短歌クリニックに入院していたという表現が正しいかもしれない。帰国時には文学フリマに参加し、つくりためた短歌をならべた同人歌集を十和田有という名義で頒布した。そこから生きる気力が湧いてきて、再就職もできた。弟子はとらないと断られたものの、たまに師匠と呼びたくなってしまう。おおげさでなく、命の恩人なのだ。

親指ではりたおすように撫でる犬　すべての既読をうしなった夜

十和田有『流刑』

歌集同人誌を出して生きる気力が湧いた反面、なかなか短歌がつくれずにいた今日このごろ。また「孤独死するかも……」がポップアップし出したこの冬に、上坂さんと交換ノートを始めることになったのは、短歌の神様（？）のお導きなのかもしれない。

歌人ではない私にとって、短歌は余暇だ。上坂さんはプロだから、心構えが違うだろうけれど、短歌を楽しむティータイムくらいの感覚で読めるノートをお届けしていきたい、と私は思っています。でも、夜書くことが多そうだな。上坂さんは、どんな挨拶でノートを返してくれるだろう？　別に、挨拶しなくてもいいけどね。

0時過ぎてしまった。そろそろ寝ます。おやすみなさい。

●上坂（一一月一九日）

ハロー　夜。ハロー　静かな霜柱。ハロー　カップヌードルの海老たち。

穂村弘『手紙魔まみ、夏の引越し（ウサギ連れ）』

こんばんは。こちらは静かな金曜日の深夜です。心が疲れるとたまに悪いことがしたくなって、深夜にカップヌードルやペヤングにマヨネーズをかけて食べるのだけど、そういう夜に生かされていることはとても愛しいと思う。

このノートを始めることは、私にとってとても勇気がいることだった。なぜなら私は、ひらりさんのことが、少しだけ、恐ろしいと思っているから。私とひらりさんは友人ですが、二人でいるときにもこんな話はしたことがありません。初回に言うことじゃないかもしれないと思ってすごく悩んだけど、自分にとって真摯に、美しいと思える文章を書くためには、これを書かないわけにはいかないと思って腹を括ることにしました。

ひらりさんに出会った頃の私は、二社目に転職して一年と少し経ったあたりだったと思う。一社目は激務が当たり前の会社だったので、二社目のゆとりのある人間的なワークスタイルに、既に社畜魂が染み込んでいた私は戸惑った。余暇時間があるのに慣れておらず、何か新しいことを始めなくてはと焦って、以前から数冊は読んでいた歌集というものを読み直した。美術大学でやっていた制作と違い、短歌なら仕事しながらでもできそうだと思った。

当時広告会社に勤めていて、会社で契約している各社の新聞は自由に閲覧することができたので、大手新聞に短歌投稿欄があることは知っていた。まあ会社でタダで読めるしなと思い、私はつくった短歌を新聞歌壇に送ることにした（このときは短歌投稿欄が他にどこにあるのかあまり知らなかったのもある）。とりあえずで送ってみた最初の歌が掲載されて、調子に乗った私は、そこからいくつかの短歌をつくっては新聞に送り、それを会社でチェックするという生活をしていた。ひらりささんと出会ったのはその頃だ。出会いの経緯は前回ひらりささんが書いてくれたとおりだけど、自分について一つだけ違和感があったのは、「（当時既に）Twitter のフォロワーが異様に多かった」という部分。あのときまだ自分の短歌作品は数首しかない状態で、短歌が好きなだけのただの会社員で、それこそ何者でもない状態だった。フォロワーは当時、千人いたかどうかぐらいだったんじゃないかと思う（それでも多いと言えば多いのかもしれないけど）。ひらりささんからしたら単なる記憶違いかもしれないし、フォロワーの数自体はどうでもいいのだけど、何者でもない私と、既に本を出したり副業でも活躍していて何者かになっていそうなひらりささん、という状態での出会いだったことは明確に記憶している。

初対面のときひらりささんに私の短歌を見せたら、どれも素晴らしいとすごく褒めてくれて、既に二万人近いフォロワーがいた彼女のアカウントで何度もリツイートしてくれて、知人友人に私のことを「おもしれー女」だと紹介してくれた。ひらりささんが紹介してくれるたびに私のフォロワーは増えていって、そこから自分のツイートも度々バズるようになった。だから新聞歌壇で私の歌を採ってくださった歌人の穂村弘さん、東直子さん以外では、世界で最初に私の短歌を認めてくれたのはひらりささんだったのです。

大変な恩を感じると同時に、いつも罪悪感が付き纏《まと》った。それは、私はひらりさんの人間性を心から受け入れられてはいない状態だったから。そのくせにうっすらと友人関係を続けて、私ばかりフォロワーを増やしてもらうという状態は、ひらりさんを利用しているだけなんじゃないかと思った。距離を置こうと提案してみようかなと何度も考えたけど、もともと会う頻度も多くはないし、ひらりさんには私以外にも友達がたくさんたくさんいて、この距離感でそんなことを言うのは逆に思い上がりなんじゃないかと思って、結局言えないままだった。

私がひらりさんを受け入れられなかったのは、ひらりさんに何かされたわけでは全くなくて、私個人の問題である。それは何かというと、「自分の女性性を全面的には肯定できていない」ということだ。

幼少期、母がイヤリングを付けるときのしなやかな手首が嫌いだった。化粧品が詰められたドレッサーを理由もなく汚らわしいと思った。かつて男の子になりたいと思う日があった。スカートをはくくらいなら抵抗はないのだけど、ボディラインが出るようなフェミニンな服は耐えられないほど気持ちが悪く、Tシャツにジーンズといったユニセックスな服装ばかりを好んだし、ネイルとアクセサリーは今でも苦手なままだ。

自分はヘテロセクシャル（異性愛者）のシスジェンダー女性（自分のことを女性だと自認している状態）、だと思う。だけど、「自分が女性であると主張するような行為」がどうしても受け入れられない。男でも女でもない自分、というのが本当は一番しっくりくる。だから短歌もSNSも、性別を特定されないように最初は「上坂」と名字だけでやっていたのだけど、フルネームで記載するのが必須の投稿欄もあって、「あゆ美」という女性的な名前を開示せざるを得なくなったので、途中からは開き直ってしまった。

こういう私の状態は、Xジェンダー（男性女性のいずれにも属さない性自認）という方が正しいのかもしれないけど、Xジェンダーの中には日常生活に支障があるレベルで悩んでいる人もいる。私は自分が女性性であることは認めているし、スカートもはけるし化粧もするし、「女性自認ではあるが、女性という性にアイデンティティを持っていない」程度のちっぽけなことなんじゃないかと思って、Xジェンダーを自称するのは憚られる気持ちがある。

このノートの企画を編集部からいただいた当初、「〝女性の〟人生の悩みについてのエッセイ」という文字を見て猛反発して、「別の人に頼んでください」とか言ってしまったのはそういう経緯です。私のすべての悩みは上坂あゆ美という人間の悩みであって、女性の悩みではないし、アラサーの悩みでもないし、歌人の悩みでもない。私は男でも女でも何かの属性でもなく、上坂あゆ美として世界に存在したいだけなのだけど、それって ダメなの？　というか、皆はそうじゃないのかな？　これって私だけなのかな。

いつまで経っても性別を受け入れられない私に対して、ひらりささんは女性として、女たちとの関係性を好んで、「女と女」という同人誌まで出している人。「（セクシャリティは抜きにして）男よりも、女の方がずっと好き」と言っているのを何度も聞いた。西荻窪のレストランで会っていた日、私が恋愛かなにかの話をしていたとき、どれだけ変なことを言ってもひらりささんは全て肯定してくれた。それは相手の男が悪い、上坂さんは正しいと、あまりに全肯定なので、そのとき私はずっと心のどこかで思っていたことをぶつけてみた。

「でもさ、ひらりささんが私のことをそうやって擁護してくれるのは、私が女だからじゃない？　もし私が男だったら、こんなに認めてくれないんじゃない？」

ひらりささんは当たり前だという顔で、

「そうだよ」と言った。

私はあなたのことが少し怖い。

あなたが私に良くしてくれるたびに、優しくしてくれるたびに、私は自分が女性であることを突きつけられている気がする。かといってそれは、針山に落とされるほどでも、熱湯で茹でられるほどの辛さでもなくて、次の瞬間には忘れているような、靴の底になにか異物が入ったまま歩き出してしまったような、その程度の違和感ではある。

だけど、この疑念をかかえたまま、ひらりさんと親友ぶってこの交換ノートを続けることは、自分の信念に反すると思った。私のこういうところって、少し潔癖すぎるのかもな。

こんなクソデカ感情を抱きつつも、この交換ノートを断らなかったのは、ひらりさんの作品に対して、書くものに対して、信頼があるからです。前回いただいたノートは、以前のものより力が抜けていて、お世辞抜きに面白かった。ひらりさんが描いた美しいカーブの緩やかなパスを、こんな豪速球で返してしまってほんとすみません。

私はまだ、ひらりさんのことがよくわからない。だから、知りたいのです。それは、自分の内側にある女性であることの違和と、ちゃんと向き合うことにも繋がっているようにも思います。

○ひらりさ（一一月二八日）

寒い。秋をすっ飛ばして冬がやってきた。大学院留学中に経験したロンドンの長く暗い冬に比べれば東京の冬は赤ちゃんのようなもの……と記憶していたが、全然そんなことはなかった。

二か月ぶりに行った練馬の鍼灸院では石油ストーブが出され、帰り道にあるイオンの一階のいちばん目立つ棚は、湯たんぽに占拠されていた。湯たんぽ欲しいなと思ったけどその場では決めきれず。帰宅後 Amazon で、レンジでチンできる一リットルサイズのやつを購入した。猫といっしょに迎える初めての冬なので、室温マネジメントに四苦八苦しています。

今日は、一一月最後の日曜。この週末は、人生何百回目だよというデジタルデトックスに挑戦していました。投稿はダメ、タイムラインは見ていいが、X でいいねをしたりInstagram のストーリーズに足跡をつけて痕跡を残すのはダメ。そんなゆるゆるルールでも、あちらこちらのアプリから飛んでくる通知にぶつ切りにされていた注意力の糸がずいぶん回復できた。初回の文章をスマホで書いたのも、前回デジタルデトックスしていた日でした。執筆とインターネットほど相性の悪いものはない。

今回のデトックスは、あえて週末に開始した。本来、週末のほうが投稿したくなるような活動をしているし、周りも、いいねしたくなるような投稿をしている。それらを投稿できない／閲覧できないとフラストレーションがたまりやすいかも、と思っていたのだが、逆だった。発信できるような週末を送らねばという焦りを掻き立てられていたことに気づいた。まわりが結婚したり出産したりしだしたこの数年は特にずっと、そういう気持ちだった気がする。

上坂さんの文章、何度も読みました。読みました、以外の言葉もいろいろあるのだけれど、とりあえず、読みました、が伝わればいいのかなと思っている。ごめんなさい、は一瞬よぎったが、やはり違うし、上坂さんも求めていないのはわかる（むしろ上坂さんのほうが「（返しづらい文章書いて）ごめんなさい！」と言っていたのは、少しおもしろかった）。

一言添えるなら、ありがとう、なのかもしれない。燃えさかる火の玉のような文章を、私に向けて書いてくれたことに。

編集者から「女性に向けた、短歌の企画をお二人で」と依頼のメールが来た時点で、上坂さんがこの交換ノートを断る確率のほうが高いと思っていた。女性歌人とくくられることに抵抗がある話は前から聞いていたし、私と密にコミュニケーションしたいだろうか？　とも思っていたからだ。短歌を添削してもらっているうちになし崩し的に距離が縮まってしまったが、私は私で、上坂さんと一定の距離を置くように心がけてきた。最初の文章に、私が上坂さんを友達だと思っている、とは書かなかったのも、その気持ちの反映だったかもしれない。恩人や師匠なら、私が勝手に思っていれば済むが、友達は、もっと双方向なものだ。カッコ付きの「友達」をおそるおそる混ぜ込むのがやっとだった。

だから、上坂さんからの返事を読んだとき「えー！」とは思ったけど、嬉しさも同時にあった。こんなこと書くなんてもう最終回じゃないの？　という気持ちになったけれど、上坂さんの、始めたいという意志も見えた。ブロックとセットの長文ＬＩＮＥではない。

私と上坂さんは、明らかにかみ合っていない。かみ合うのが友達だとは思わないが、友達という言葉が含む甘えが通じない程度には、かみ合わないのだと思っている。「女」をうまくやれなかったからこそ「女」にべったり憧れている私は、「上坂あゆ美」でいたい上坂さんと何げなく会話しているだけで、ガラスの破片をばらまいてしまう。

私はずるくその場しのぎな本性を持っており、口からつく欲望を優先して他人を尊重するのをおろそかにしがちな人間です。「あなたには疲れた」と絶縁されること少なくなく、ようやく人を傷つける無神経さをコントロールする方法を学び出したのはここ数年だ。それこそ上坂さんと知り合ったあたりはそれが板についたところだったのかもしれません（私たちの共通の知人が、私と上坂さんを引き合わせようと思った程度には）。

でも、自分のことで精いっぱいだったり、お酒を飲んだり、異性愛にかまけたりしていると、今でも新鮮にボロが出る。最近も、「あなたの書くものは信用できない」と言われることがあった。文章の上では自戒しているかのように書いている行動を、現実ではまだし続けていることがあり、失望を生むのかも。

私が、上坂さんに「そうだよ」と言ったのは、悪意なくて本心だとしても、避けるべきだったと思う。しかも私、自分の「そうだよ」を完全に覚えていませんでした。女性という属性を通じて他者を信頼する傾向にある私は、ジェンダー・ステレオタイプを押し付ける社会へのモヤモヤを標榜しつつも、自分もその一部になってしまっている。

そうした自分の歪《いびつ》さも文章化しているつもりだけど、ぼとぼと取り落としているものがあるし、都合よく目をつぶっている部分がある。その取り落とし方、目のつぶり方が、致命的なことがある。上坂さんどころか、身の回りのどの友達よりも、女とか男とかに執着しているのは私なのだろう。短歌を始めたときも、中性的な筆名にこだわって「十和田有」としたにもかかわらず、ファンデーションの匂いがしそうな歌ばかり歌っている。

後戻りできない季節　嫉妬した女の数だけ燃やすキャンドル

十和田有

私のジェンダーへのこだわりは、きっと《みんな》に入りたいという強烈な飢えと結びついていて、もっと言うと自他の境界が甘過ぎて、自分のことをなんでも女友達に話してしまうことともつながっている。まあ、ジェンダーの話にかかわらず、普通に自分勝手な人間なんですよね。上坂さんは集団は苦手そうだけれど、あまり自分勝手ではない気がする。私は集団に所属したいのだが、エゴイスティックなのでそれがうまくできないのです。

私は私でいるのを、いつでも恥じている。そのわりに、どこかで人生やり直したいとはあんまり思っておらず、絶縁したあの子とやり直したいとも意外と思わない。ねじくれてこんなところにやってきてしまった自分の人生を愛しんでもいる。恥の多い人生なので、せめて、恥じ入りがちな誰かに「わかる」と思ってもらうことで己の羞恥を軽くしようとしていると ころがある。私の文章はいつも曲がりくねっていて、みにくいと思う。でも、みにくいほど、のたうちまわっているほど、いい文章が書けた手応えを持てる。
上坂さんが、私を恐ろしいと思いながらも「ひらりささんの作品に対して、書くものに対して、信頼があるからです」と宣言してくれたことがありがたく、ありがたく、ありがたく、とても重い。燃えさかる火の玉は、鋼鉄の玉でもありました。私はこれを投げ返し続けられるだろうか？　私の手では持ち上がらなくて、ごろごろ転がして渡している感じが今してるけれど、とりあえず、返す気力はあります。なんか、書いてたら、湧いてきた。

さっき、Amazonで歌集を三冊買った。交換日記した上で短歌も添える、というノートのルールを決めた時、ハードだなあと感じたけれど、上坂さんの文章を読んだらすっかり変わった。短歌はきっと、私の安全ベルトになってくれるだろう。

どこへも行けないドアどこへも行けないドア開けて冷たいのを飲む
田中有芽子『私は日本狼アレルギーかもしれないがもう分からない』

上坂さんは、私の文章のどんなところを信頼してくれているんだろうか？　と聞きたくなってしまうけれど、それこそ最後にとっておこうかな。きっとどこかに、たどりつけますように。

●上坂（一一月三〇日）

こんばんは。一二月が迫ってきて、今日も今日とて寒いですね。あなたの風邪はどこから？　私は喉から。寒くなってくると、いつも喉がすこしだけイガイガしてきて、それを放置してると風邪を引く。だから、喉の違和感を感じた瞬間に龍角散やペラックT錠を飲み、殺菌スプレーをして、部屋の湿度を上げて、マスクをして早めに寝れば、風邪を引かずに済む。精神面も肉体面も、年々自分の取り扱いが上手くなっていきます。

以前友人と、〝成長〟って何？　という会話をした。社会には、成長するのはいいことだという風潮がある。そういうときの〝成長〟というのは、あたかも人類共通のレベルのようなものが存在し、それに則ってレベルアップを強いられるようなイメージがある。だけど、これだけ多様化した社会で、全員共通のレベルなんてものは存在しないと思う。いや本当は、社会が多様化していなくたって存在しなかったのです。年齢も、年収も、資格も、パートナーや結婚や子どもの有無も、ただ事実としてあるのみで、それ以上の意味なんてないと私は思います。私は運転免許すら持っていないし、結婚も出産もしたことないけど。

友人と話している中で、ほんとうの成長というものは、「自分の操縦が上手くなること」なんじゃないか？　という結論になりました。この世に全く同じ人間は二人と存在しないのだから、人によって操縦方法は違う。自分の取り扱いが上手くなっていくことで、仕事でいい結果を残せたり、人付き合いが上手くいったりすることがある。そのとき、「何かを成したこと」ではなく、あくまで「自分の操縦が前よりも上手くなっていること」に対して、私はそれを〝成長〟と呼びたい、と思いました。だから、ひらりささんがメンタルや注意力回復のためにデジタルデトックスという手段を取り入れていることも、私が今日喉の痛みを察知して早めに寝ようと思っていることも、自分という機体を上手く操縦するための、それぞれなりの圧倒的成長です。

そしてひらりささん、前回の文章を読んでくれてありがとう。

熱くて重くて、さぞや取り扱いが大変だったと思うんだけど、まず一旦、受け止めてくれたことがとても嬉しい。この球は返しても、返さなくても、大丈夫です。

一つ言っておきたいのは、私はひらりささんの思想が間違っているとは全然思ってない。

自分では飼い慣らせなかった女性性に憧れること、その結果「女」とか「男」に執着してしまうこと、それらはこんな社会で生きていたら当たり前のことで、それはもはやひらりさんのせいではなく社会のせいだ。私は幸運にも、「女」であることで命にかかわるような被害を受けた経験がない、と思う。人にはそれぞれの地獄があるから比べるべきでないのはわかっているのだけど、例えば「女」というだけで、性被害に遭って殺されかけたり、精神的に耐えられないストレスを受けたり、そういう人に対して「男とか女とか関係ないよね」とはとてもじゃないけど言えない。私の考えは、女の割にはたまたまラッキーなガチャを引いたことで成り立っているのかもしれないし、そういう自分が強者の理論を振り翳《かざ》してはいないかと、不安になることもある。

ひらりさんは自分のことを「欲望を優先して他人を尊重するのをおろそかにしがちな人間」と言ったけど、その点は私も全く同じだ。私もこの性質によって絶縁されたことがある。前回の告白は、不用意に人を傷つけてきた過去の経験を踏まえて、それでも言いたいと思って言ったことではある。だけど、自分の中に感じていた気持ち悪さをこねくり回して、火の玉のような鉄球のような、とにかく加害性のあるものに仕立て、初回からひらりさんにぶつけてしまったことは、他人よりも自分の欲望を優先した結果。自分がすっきりしたかっただけじゃんと言われたら、その通りですねとしか言えないな。

そもそもひらりささんに初めて会った二〇一九年頃、私には女友達と呼べる人がほとんどいなかった。これは生まれ持った性質としか言いようがないのだけど、私には「共感力」「協調性」という類いのものが完全に欠けている。だから学生時代、同級生に「これかわいくない？」「あいつマジウザいんだけど」などと会話を投げかけられたとき、同意できなかったら黙っていた。今考えれば、女子高生というのは互いの共感によって集団を築く面があって、あの問いは敵じゃないかどうかの確認であり、言うなれば踏み絵だったのに。当時の私はそんなことも知らず、黙るだけならまだしも「えっかわいいか？　これ」と反論を述べることすらあったし、かといって自分の思想が受け入れられるような説明をすることもしなかった。どうせこいつらには私のことなんてわからないと、見下す気持ちがどこかにあったんだと思う。その表れとして、休み時間の談笑を断って席で一人太宰治を読むなどしており、そういう自分がかっこいいと思っていた。この頃、家庭の問題が色々あった上に精神が未熟で不安定だったので、自分は皆とは違う特別な存在なんだと信じることに必死だった。しかし皆からすれば、ノリが悪い上にわざわざ集団の空気を乱してくるエネミーでしかないわけで、私が彼女たちに嫌われるのは当然。それはもはや、ライオンがシマウマを捕食するように、親が子を育てるように、自然の摂理としか言いようがないほどに当然のことなので、彼女たちは全く悪くないと思う。そのようにして私はクラスの女の子から無視されることになったのだけど、無視されていることにすら気づかず坂口安吾を読んでスカしていたので、ますます彼女たちの怒りを買ってしまった。

修二と彰、どっちも嫌いと答えたらなんかわたしだけ重力おかしい

上坂あゆ美『老人ホームで死ぬほどモテたい』

そういう行いを繰り返した結果、上坂は援助交際をしていると根拠のない噂を立てられたり、予備校が同じだったとある女の子にめちゃくちゃ恨まれて大学入学初日にクラス中に私の悪口を言いふらされたり、あまりにも独善的な振る舞いをして友人に絶交されたり、自業自得なりに大変な思いをして、女性と対話することに、仲良くなることに、どろどろした苦手意識を感じるようになった。男性の友人は何人かいたけれど、仲良くなってくると相手に交際を申し込まれ、私が断るのでそこで友人関係が終わり、また別の人と仲良くなるというのを繰り返し、早いスパンで友人が入れ替わった。今考えれば、彼らを友人だと思っていたのは最初から私だけだった。傍若無人な振る舞いを、私が女だから大目に見てくれていただ

け。つまり当時の私は人間性がヤバすぎて、性別にかかわらずまともな友人がほぼいなかったということになる。

あまりに人間界のルールを知らない、ほとんど怪物のような状態だった私も、その後社会人になっていろいろな人と出会い仕事をする中で、だんだんとそれなりの社会性と人間性を得ることができた。「共感力」や「協調性」がないのが問題なのではなく、相手への思いやりが欠けていることこそが問題だったのだと気づくのに、二十数年もかかってしまった。ひらりささんと出会ったとき、私は怪物からようやく人間になろうと志を固めて間もない頃でした。ひらりささんと違って、まだ人間としての振る舞いが板にはついていなかったはずだから、私も私であなたを傷つけるようなことをしていたかもしれないし、していなかったとしたら、それはあなたの気遣いによって免れたんだと思う。なんかこう書いていると、私とひらりささんは全然違うけど、似ているところも多くありますね。

そう言えばひらりささんと出会ってすぐの頃、紹介してくれたのとは別の共通の知人に「上坂とひらりさは似ている」と言われたことがあった。どこが？　と聞いたら、「そんなことまでいっちゃうの⁉って周りが心配になるような質問や発言を普通にするところ」と。私はあなたに出会ってから四年近くも経った今、やっと似ているのかもしれないと気づいたわけだけど、周囲の人には最初からバレていたこと、なんか少し恥ずかしい。
私も本当に恥の多い人生だと思っているが、その恥と闘って、本当の意味で〝成長〟をしてきた自分のことは、そしてその闘いの軌跡は、ちゃんと美しいと思っている。きっとひらりさんもそうなんだと思う。私があなたの文章を信頼している理由、全部をいま言葉にするのは難しいけど、自分の操縦がうまくなりたいという強い意志を感じるところ、それはたぶん間違いなくある。

なんかこういう話をするの、今このタイミングでよかったのかもしれない。お互いに、出会った頃より確実に成長してきたはずだから。

労働と人間性

○ひらりさ（一二月四日）

こんばんは。挨拶から始めると、こんばんは尽くしになってしまう。このあともずっとそうだろうな。文章を書き出す時間には、いつも外が真っ暗です。

昔の人は日が落ちると仕事をやめていたけれど、産業革命の時に鯨油ランプが普及して夜間の労働が可能になったという話を、今年、産業革命を題材にしたミュージカルを見て知った。鯨油はとても臭くて、労働者には不評だったらしい。

現代は部屋をいつでも明るくできるし、灯りを消してもスマホの画面が光ってくれるし、スマホは鯨油のように臭くない。夜でもベッドの中でも原稿が書けるのは、フルタイム会社員兼文筆家にはありがたい。でも、太陽と共に起きて、太陽と共に活動をやめる暮らしをしている私も、想像はしてみたくなる。性格全然違いそう。文章とか書いてないだろう。

会社員をしながら書き仕事を始めて、もう九年は経ちます。我ながらよく続けているなと思う。最初の会社では編集者をしていたのだが、あまり予算のないメディアだったので、外部のライターさんに報酬をお支払いできず、自分で手を動かしてインタビュー記事や対談記事をまとめることがあり、それが楽しかった。

そのうち著者さんのツテで外部の雑誌から仕事の依頼をもらった。初めての記名仕事が嬉しくてFacebookで誇らしげに仕事報告をしたら、会社の社長に激怒された。もう転職を決めていたパワハラ職場だったので、大して気にならなかった。

事件はその後起きました。仕事をした雑誌から一向に原稿料が支払われなかったのです。三か月後ネットニュースで、その出版社が民事再生法の適用を申し立てたことが報道されました。書いていて気づいたけど、この経験は、私が今に至るまで専業フリーランスに踏み出せないことに、影響しているのかもしれない。そこからは、会社に金銭的安定を、文筆業にアイデンティティを求める、と割り切って生きている。

生きている、と言い切ったけれど、ひとつの会社に長く在籍してきたわけではない。ＩＴ系ベンチャーというくくりには入っているものの、業種がばらばらな転職を続けて、今は四社目。同世代の女性の平均年収よりは稼いでいる。しかし、本当に文筆業にだけアイデンティティを求めるなら、もっと年功序列で、もっと評価がゆるくて、定時で帰れて、ひとつの業種を継続するのが良かったと思う。

今の会社は全然サボれないし、評価は厳しいし、残業も多いので、平日はまったく文章が書けない。実際、まわりで長く兼業物書きをしている人は、いわゆるJTC（ジャパニーズトラディショナルカンパニー）にどっしり腰を据えている印象がある。

なんで私はこんなに会社員業を転々としているんだろう？　と考えると、結局会社員としても、やりがいを求めちゃってるんだろうな。でも、やりがいの求め方が中途半端だから、なにか心が折れる出来事とかテンション下がる出来事があると、踏ん張れずに次に行っている……記憶がある。

このところ、「私って、仕事できないのかも」疑惑もふんわり浮上してきた。無限に降ってくる仕事をがむしゃらにさばく能力と、人と何時間しゃべっても苦ではないのでお客さんには好いてもらえる能力には、自信がある。前職はそれでどうにかしていた。

しかし現職では、三〇代半ばを迎えて「本当の実力」を厳しくみられるようになり、ボロが出てきたのをひしひし感じる。上司には、「与えられたタスクにそのまま取り組むのではなくて、なぜそれをやっているか、イシューから考えてほしい」と口を酸《す》っぱくして言われる。あれ読んでこれ読んで、とビジネス書をいろいろすすめてくれる上司は、とてもいい人だ（ちなみに年下です）。

複数人でタスクを分担し細かく進捗管理をする仕事を経験したことで、自分が「限られた時間で簡潔に、ものを伝えるのが苦手」ということに気づいた。「人がしゃべってるとき被せてしゃべらないで」「結論を考えてからしゃべるように」などと、毎週言われている。毎日、ぴえん！　って言いたくなってるけど、ぴえん！　って言いたいの、上司のほうだろうな……。

毎日の自分の働く姿を通じてともに働くメンバーを鼓舞するというのも、苦手みたいだ。よそゆきの顔でお客さんに働きかけたり、文章を介して不特定多数に働きかけたりするのは好きなんだけど。そういえば、ひとつ手前の会社でも、人事評価にマイナスはなかったものの、ことあるごとに上司から「熱くなってほしい」と言われていた。あれの意味、四年経ってわかりました。

ひとつの職業に集中したほうが、どう考えても成果が出る。会社員の仕事もそうだし、文筆もそうだ。さっき書いたような、トレーニングやインプットで解決できることのほかに、「全力な人」かどうか、というのが重要に感じる。全力な人同士だけが共有できる空気ってある。見えない喫煙室みたいな？　私はそこに入れたことがない、気がする。

もしかしたら、入りたくなくて、防御の姿勢として、兼業を続けているんじゃないだろうか。文筆をやりたいから兼業なのではなくて、兼業でいたいから文筆をしているのだ。ひとつに定まらないアイデンティティを持っておけるように、見えない喫煙室に足を踏み入れないようにしてやっと、私は私の輪郭を保っているのでは？

最近、結婚や出産の引力を感じているのも、このまま職場に熱くなってしまうことへの恐れだったのかもしれない（反対に、出産をした友人からは、仕事を続けていることが、子育ての雑事で自分らしさがかき消されるのを阻んでくれる、という話も聞く）。

……と、書いてみて思ったけど、何もかも、自分の心の持ちようなのだから、周りからは全力な会社員に見えると同時に、私個人でいられるライン、って普通にあるよな。やってみようかな全力。と思ってこの週末は、ビジネス書を五冊も読んだ。『管理職1年目の教科書』『リーダーの仮面』『数値化の鬼』『とにかく仕組み化』『業務改善の問題地図』。タイトルを並べたら短歌が浮き上がってくる……わけはなかったですね。

デスクトップ背景を海辺に変へて波打ちぎはにファイルを置けり

飯田彩乃『リヴァーサイド』

上坂さんは、会社って好きですか？　会社やめてみて、どうですか？

●上坂（一二月一四日）

こんばんは。自由業になって初めて迎える一二月なので、サラリーマン時代と違って年収が全くわからず、かといって計算して現実を見るのも怖くて、完全に勘でふるさと納税をしました。

私は会社、割と好きですね。実家が自営業だったことへの反発もあるかもしれないけど、サラリーマンという働き方に対してある種の浪漫を感じている自分がいます。まあでも会社が好きというよりは、とにかく学校が嫌いだったのかもしれない。

学生生活って、勉学が目的と見せかけて、実は友人関係とか、集団のルールとか、教師に対する接し方とか、明文化されないその他の要素があまりに多いと思いませんか？　私は学生であった数年間、何のために毎日通わされているのかずっとわからなくて、だから楽しみ方もわからなくて、誰に聞いてもその疑問に対する真実の答えをくれない。その割に、休んだりサボったりすると叱られるので、それって何かを得るために学校に行っているのではなく、学校に行くことそのものが目的になってるじゃんっていうのが気持ち悪かった。つくづく面倒な子どもですね。でも私はそういう、目的が不明瞭なことに取り組むのが今でもとても苦手。一方、会社では「より良い仕事をし、自社により多くの利益を生む」という、いちおう全員共通の明確な目的があったので、相対的に考えてとても楽だった。学校では頑張ってもお金もらえないけど、仕事は頑張ればその分お金もらえるし。

ただ以前のノートでも書いた通り、私は空気を読むとか協調性といった類いのものが根本的に欠如しているので、どの会社のどの部署でも常に浮いてはいた。目の前の仕事を頑張っていたかわりに、多少の変な振る舞いを大目に見てもらえていたんだと思う。それでも、利益さえ生んでいれば存在価値が認められる会社というものは、やっぱり学校という集団よりずっとシンプルで好きだ。

そんなに好きだった会社というものをなぜ辞めたのかと言うと、あのときの私は、それを選ぶしかなかったから、という答えになります。

新卒で入社した会社で三年営業をやって、その後広告代理店でマーケティング戦略を立案する部署に転職、そこでは六年弱勤めたのだけど、二社目の会社に在籍していた二〇二〇年に、例の新型ウイルスが流行しました。どこもかしこも不景気で、日本でも明日食べるものが得られるかどうかわからないという人々がたくさん可視化された。教育従事者の友人は学生たちがなんとか学びを続け、学生生活を良いものにできるよう尽力し、医療従事者の友人はとにかく人命を救うために身を削っていた。エンタメ業界の友人は、コンテンツを通じて現代人の孤独を救い、希望を生んでいた。もちろん各業界の全員が全員、そんな高い志を持ってやっているわけではないのはわかっているけど、結果的にそういう効能をもたらしていたケースは少なくないと思う。

一方、私がやっていたのは広告業。広告がなくても人は死なない、むしろ広告が出てくると嫌な気持ちになる人の方がきっと多い。これだけ苦しんでいる人が多い世の中で、決して人命を救うことはない、なんの役に立っているのかいまいちよくわからないものに従事していることに、どこか後ろめたい気持ちが生まれてきました。そんな中で二〇二一年に東京オリンピックが開催され、広告業界の不祥事が次々と明るみになり、マジでいい加減にしてくれよって感じだった。私はオリンピック関連の仕事はやっていなかったけど、それでも同じ業界に身を置いているものとして心底うんざりした。私のようなものを雇ってくれた会社には本当に感謝しているけれど、それとこれとは話が別なので。

広告ビジネスに愛想が尽きても、二年ほどはそのまま働きつづけていたのは、直属の上司のことを心から尊敬していたからです。あのときは世界中で多くの会社がそうなっていたかもしれないけど、経営難の煽りを受けて人材がたくさん流出し、そのとき会社に残った人は代わりにどんどん忙しくなった。私の上司は元々人の一・五倍くらいの仕事をしていたけれど、さらに二倍、三倍くらい働くようになった。それでも疲れた顔を見せることなく、チームを励まし明るい空気をもたらそうとしていた彼を見て、私が働くことでこの人のためになるなら、というのが唯一のやりがいでした。だからその上司がついに転職を決めたとき、とても喜ばしい気持ちになるとともに、もうその会社にいる理由がなくなってしまった。そういうわけで会社を辞めたのがちょうど一年前。転職先も特に決まっていなかったのでほぼ無職となり、サラリーマン時代から副業として続けていた創作活動はとりあえず続けることにしました。

つまり私は、ほぼノリで会社を辞めたのです。こういう経緯だとしても、人からは「ついに作家として独立の道を選んだ」と言われたりして、そんな覚悟もないのに大仰な言い方をされるとかなり恥ずかしい。

ここまで書いて、以前の私に近いメンタルの人がこれを読んだら、自分の仕事ってダメかもって思ってしまわないだろうかと、不安になってきた。現在の私の考えとしては、「広告業界がダメ」なのではなくて「広告業界を信じられなくなった自分がダメ」なのだと思っている。だから、自分が働く業界に何かの希望を見いだせているならば、それは業種問わず素晴らしい仕事です。なぜなら、新型ウイルス流行以前の私に「今の仕事に満足ですか」という質問をしたら、「大変満足している」と答えたんじゃないかと思うから。以前は広告という仕事にやりがいを感じていたし、チームメンバーやクライアントを前世からの戦友のように感じ、段々上がっていく年収が自分の価値を証明するもののように感じたこともあった。

正直に言えば、サラリーマンとしての自分を信じられていた頃は、無職になった今よりずっと幸福度は高かったように思う。でも業界の体質というものはそうそう短い期間で形成されるわけではないので、私が知らなかっただけでずっと前から、広告業界は様々な問題を孕んでいたのだろう。ウイルスの流行によって、たまたま私がその問題に実感を持ったに過ぎない、というか、何も問題を抱えていない業界などこの世にほぼない。

この世界の仕事というものは、どんなものも多少は残酷で、権力を持つものが持たないものを搾取する面があって、つめたい数字で動くことが多い。だけどそれと同時に、一緒に働く人のあたたかさや思いやりに、心が動く場面もかならずある（だからタチが悪いとも言える）。そんなことはこの資本主義社会で働く上で当たり前も当たり前で、皆はもはやそういうことは前提として仕事を選んでいるのかもしれないけど、私はそんなことにすら最近まで気づいていなかった。

こころよく我にはたらく仕事あれそれを仕遂げて死なむと思ふ

石川啄木『一握の砂』

自分の考え方って極端な上に思い込みが強すぎるなと、我ながら思う。だけど私は、いくつになっても啄木のこの歌に深く頷いてしまうのです。「こころよく」は、他人に決められるものではなく、自分だけがわかることだから、今のところは、短歌をつくったりエッセイを書いたりしていることの方が、多少誰かの心を救えるのではないかと信じていて、どうか一生、この思い込みが続けばいいなと願っています。

追伸：恐る恐る年収を計算してみたら、新卒一年目の頃の半分以下（！）で白目《しろめ》剥《む》きました。世知辛《せちがれ》ぇ～！　そのうち生活費のためにこころよくない仕事に就職しているかもしれないけど、まあ綺麗事だけでは飯は食えないし。

◯ひらりさ（一月九日）

年が明けましたね。明けたどころか、もう一週間も過ぎてしまった。

上坂さんの文章を読んで、私も駆け込みでふるさと納税やろうかなあと一瞬考えたけれど、欲しいものが定まらないまま、年末が走り去ってしまいました。

いまは三連休最後の月曜の夜です。つまり成人の日。

日中、我が家の猫をかついで動物病院に行ったのですが、行きも帰りも振り袖姿の若者たちをちらほら見かけました。最寄り駅のそばに区民ホールがあるので、成人式の帰りでしょう。成人式ってみんなちゃんと行くんだな。毎年、素直にびっくりしてしまう。自治体のイベントに成人を祝われに行く、という感覚が全然わからない。親の都合で一〇代の頃は土地を転々としていたので、当時住んでいた自治体で成人式に出ても、誰も知り合いがいなかったというのはある。上坂さんは、成人式って出ましたか？


学校よりも会社が好き、目的が明確なので人間らしく振る舞える、という前回のノート、深く納得しました。

上坂さんは誰よりも自分らしさを貫く人だと感じるけれど、同時に、手に入れたい価値がはっきりしているとき、ごちゃごちゃ言わずその場に適応できる人ですよね。

会社の論理に従うことで周囲とのコミュニケーションが円滑になったことを人間らしさのように表現しているのも、面白いなと思いました。

私は、会社のことを、自分から人間性を奪う場所だと考えているから。

パンプスが人間性を締め付けてここから先は狭くなる道

十和田有『うたわない女はいない』

会社というよりは、労働かな。労働が私にお金を、すなわち、自分の人生を自分で選択できる余地を与えてくれているのは間違いない。その手応えはある。でも、その「余地」を活かすことにやっきになり、背伸びして頑張って、疲弊している自分がいる。労働そのものが疲れるのもあるけれど、会社や労働のルールに適応していると、自分のパーソナリティーが《会社の一員》に覆われてしまって、自分を見失う。

前回、全力な人になりたくないって話をしたのも、この辺りのジレンマと関係ありそう。学校は、放課後になってしまえば、ひとりになれた。会社は（少なくとも私の今の職場は）、終業後も増え続けるSlackの通知バッジが、私に《会社の一員》であることを思い知らせてくる。労働時間外の私を、労働時間中の私から守りながら全力で労働するのが、私には難しい。個人にこだわりがあるくせに(あるからこそ?)集団に対する防御力が低いのです。だって、Slackも別に無視すればいいいんだし。

今の仕事のミッションが、誰にでもできるようにオペレーションを組むことであるのは、上坂さんの広告業界におけるサラリーマン生活とは、だいぶ違うポイントかもしれない。ルーティンワークを、入りたてのアルバイトが読んでも理解できる形にマニュアル化して、インシデントのないように回していく、というのが現在の業務。

自分で回すぶんには問題のないことを、みんながよくできるように、オリジナリティーを極力排した工程に落とし込む必要があって、私はそれが相当苦手だ。

属人性を削《そ》いで効率化せよ、と年末読んだコンサル系ビジネス書群にも当たり前に書かれており、別に特別な苦行を強いられているわけではない。でも私はその価値観にイエスと言えない。ちょっと間違ったって、みんな好きにやったらいい、と思っちゃう。しかし、それでは私の給料は出ないのだった。一刻も早く、AIに私の業務を丸ごと奪ってほしい。そう祈りながらChatGPTに、Googleスプレッドシートの関数なんかを質問している。

とはいえ、年を越したらだいぶ前向きになってきた。暦とかいう、気分の強制リセット装置すごい。

ああだこうだ言ったけれど、私は今の会社でしばらく働いていたい。今いっしょに働いている年下の人たちのひたむきさを、好ましく思っているからだ。彼らと働き続けたい、というのが一番のモチベーションなのだと思う。そのひたむきさを素直に尊敬している。尊敬しているからこそ、彼らがそのひたむきさゆえに傷ついたときに、「大丈夫だよ」「たいしたことないよ」って言える人として、この職場にいたいのかもしれない。

文章を遠くに飛ばして不特定多数の知らない人の心に語りかけることにもやりがいを感じるけれど、今は、出会ってしまった彼らが毎日差し出してくれているその時間を、どうしたら有意義にできるか、を最優先で考えている。後者を、私がうまくやれる確証もスキルも、全然ないのだけど。単なる思い入れに給料は出ない。口で励ましたり労ったりするより、彼らがミスなく業務を回せるように整備することこそが、彼らのためになる。属人性を奪って。

〈自己肯定〉できていますか？・チャーハンの中のなるとのピンクのかけら

北山あさひ『ヒューマン・ライツ』

書いていて気づいたけれど、私はいつもどの職場でも、一緒に働きたい人って同世代か年下だったなと気づきました。かつて算命学という占いを受けたら、「目上の人間の言うことを聞くエネルギーがゼロ。無理に言うこと聞き続けていると死ぬ運命にある。早くフリーランスになったほうがいい」と言われたし。

上坂さんの先日のノートでは、元上司に対しての尊敬の念がとても印象深かったです。上坂さんは、どんな人を尊敬する傾向にあるのでしょうか。「人間」を全力でやっている人でしょうか？　上坂さんの考える「人間」の詳細とともに、聞けると嬉しいです。

そうだ。新年会も、しようね！

理想と現実

●**上坂**（一月一三日）

年明け、そして成人の日でしたね。ひらりさんが成人式行ってないというのは少し意外かも。親の転勤が多いとたしかにそういう感慨もないのかもね。私は、一応行きました。うちは実家が美容院なんだけど、地方の美容院って、成人の日が一年で一番忙しいんだよね。着付けやヘアメイクを兼ねているところが多いから、母はいつも成人の日は深夜三時ぐらいに起きて、朝四時から夜まで仕事をしていました。毎年、たくさんの成人を送り出してきた母だから、さすがに自分が出ないのもなと思って、母が成人式の時に着た思い出の振り袖を着て、母と二人で記念のプリクラ撮って帰りました。

「で、もうそのまま寝ないで成人式行ったたからね」って話つまんねー

伊舎堂仁『感電しかけた話』

ここまで聞いてきて、仕事もプライベートも、ひらりさんの意思決定には常に、身近な他者の存在があるんだね。ひらりささんは意思決定を他者に置きすぎて生きづらく、私は意思決定を自分に置きすぎて生きづらいのかもしれない。…………いや違う、そういうことじゃないな。ひらりささんの生きづらさを勝手に分類してごめん。こういうのやめようと思っていたのに、またやってしまいそうになった。

自分はどんな人を尊敬するのかについて考えてみる。尊敬と言われて真っ先に思いつくのは、まず前職で出会った上司。そしてもう一人、樹木希林《ききき りん》です。私は数年前から樹木希林になることを目標として生きています。彼女のように、自分の考える美しい生き様というものを確立していて、だけど無邪気で、年齢や性別を超越したような存在になりたい。私の言葉で言うと彼女は、魂の格が高い、と思う。そのように考えるようになったきっかけは、やっぱり例の上司に出会ったことだ。

かつての私は、大体の人間は自分の敵だと思っていたし、世界っていうのはすごく残酷で、汚くて、そんな世界でなんとか生きていくためには、多少他人を傷つけても構わない、ていうかこんなひどい世界ではそれくらい当たり前のことだと思っていました。他人に傷つけられるくらいなら、自分が傷つけた方がましだから。

多分あれは前の会社に入社した当日、直属の上司となった彼がランチに誘ってくれました。

同じチームの男の子と三人で。

会社の近くのカフェバーみたいなところでハンバーグをつついていたら、男の子が私に対してこう言いました。

「上坂さんって、お箸の持ち方変わってますね」

前職は外資系の広告代理店だったので、裕福な家庭に育った帰国子女みたいな人がすごく多い環境でした。その男の子も、幼少期はシンガポールで過ごしていたらしい。いっぽう私の家は、親が離婚してからは母子家庭だったし、奨学金は最高額が難なく借りられちゃうくらいには貧乏だったし、文化教養も潤沢なわけではない中途半端な田舎育ちだったので、会社の人たちと比べたとき、自分の生い立ちにうっすらとしたコンプレックスがありました。

だからお箸の持ち方を指摘されたとき、瞬時に「攻撃された」と思いました。別に言うほど風変わりな箸の持ち方でもなかったので、これは「あなたは貧困家庭の出身ですね」という意味なのだと。

私は湧き出る恥ずかしさと悲しみを押し込めながら、嫌味っぽくこう言いました。

「……あなたと付き合う人は、チェックが厳しくて大変そうですね」

それをみていた上司はすぐさま、「そういう意味じゃないでしょ」って軽い感じで言いました。「別に変だとかいう意味じゃなくて、思ったことそのまま言っただけなんじゃん?」

と男の子に言うと、彼は「あ、そうです。すみません、変な話して」とすぐに謝りました。上司がわざと軽い感じで言ってくれたおかげで、必要以上に深刻な空気にならず会話は続きました。その後も彼は、目に入ったもの、思いついたことを無邪気に話しつづけ、上司は優しくツッコミをいれたりいれなかったり、共感したりしなかったりしていました。

その様子を見ていると、彼が私のお箸の持ち方を指摘したことに本当に他意はなく、彼は目についたものを全部言う人で、しかもそのちょっと不思議な感性や独特の空気が周囲に愛されているのだということがわかりました。むしろ私と初対面で話題があんまりなかったから、なにか話しかけようとしてくれただけかもしれない。この場において、周囲の人が基本的に敵だと思っているのは私だけなんだと気づいて、皆がピクニックしているところに一人だけ武器を持って全身武装して現れたような気持ちになって、さっきよりも恥ずかしくなりました。

上司は誰よりも多くの仕事量をこなしながら、疲れやストレスを表に出さず、あらゆる人に寛容でした。

飲み会で誰かが誰かの悪口を言っているときは、否定も肯定もせず黙って聞いている。だけどマンツーマンのとき、例えば私が上司と二人の会議でそういうことを言うと、「あの人はああ見えてプレゼン力すごいあるからな〜」などと、しれっと相手のフォローをする。おべっかとか偽善とかではなくて、心の底からそう思っているような言い方で。

同様に、私の変な攻撃性も、空気を読まないところも、上司はずっと個性だと認めてくれ、「俺にはできないスタイルの仕事ができていてすごい」と評価してくれました。今まであらゆる集団で浮き続けてきた自分の攻撃性を、こんなにあたたかく受け止めてもらったのは初めてでした。

広告のようなクライアントビジネスをしていると、社内会議ではさんざん悪口を言うくせに、いざ顧客の前に出るとへこへこするだけの人ってすごく多いんだけど、上司はもちろん必要のない悪口は一切言わない。だけど明らかに不条理なことを言われたら、相手が誰でも、毅然とした態度で真っすぐ立ち向かっていました。こちらに正当性があったとして、私が言ったら顧客の怒りを買いそうな主張でも、彼が言うと、なぜか「確かにそうだよなあ」みたいな空気が流れるのでした。

そんな上司と働いていると、自分が今までしていたのはなんて徳の低い行いだったんだろうと、さすがの私も気づきました。他人を傷つけても構わないという生き方は、全然当たり前じゃないし、むしろダサいことなのだと、生まれて初めて知りました。

この人みたいにかっこいい人間になりたいと思って、一時期は彼の言動を観察してトレースしてみたんだけど、結果から言うとストレスで死にそうになったのでやめました。彼は自分よりも集団、自分の考えよりも調和を大切にしている人で、集団や調和というのは私が人生でもっとも苦手とするもので。私は私が思ったことを全部言いたいし、集団に属すよりもいつでも個として存在したい。こういう自我の強さって、他ならぬ上司が評価してくれている私の個性でもあったので、これを無理して捨て去るのも違うなと思いました。私が人を無闇に傷つけてしまうのは、ひとえに自分の強さ、のせいだと思っていました。自分は気が強い、精神がマッチョだ、だから人を傷つけてしまう、もっと自分以外の他者に寄り添わないといけないのだと。

人間が一番恐ろしいのは、自分や他人を、どこのボックスに入れていいかわからない状態なのだと思う。誰かを敵にすれば、誰かを味方にすることができる。誰かを男にすれば、そうじゃない人を女にすることができる。誰かを幸せなのだと勝手に決めつければ、自分は不幸なのだと思い込むことができる。

そうやって雑なラベリングによる仕分けをすることで、誰もが安心したいのです。だけどそれは、難易度が低い生き方です。ほんとうは、世界は二元論ではない。白と黒、敵と味方、男と女、金持ちと貧乏、ギャルとオタク、幸と不幸。世界が二種類に分けられるわけがなく、本当は、そういう二つの事象の間に、数百、数千、無限通りのケースがある。それをたったの二つに分けて安心したがるのは、それこそ加害性を多分に孕んだ行為です。私は集団から何かのラベルを貼られることを何よりも憎んでいたくせに、自分自身にその加害性を向け、ラベルを貼って雑に安心しようとしていました。

「自分の気持ちを否定することは、自分に対する暴力」と、私が好きな漫画家の椎名《しいな》うみ先生が言っていました。他人に暴力を振るってはいけないように、自分に暴力を振るってもいけない。私は自分が個でありたいということ、自我を発揮したいということを、まず認めてあげようと思いました。自分が良くなかったのは自我が強いことではなくて、他者への思いやりがなかったことでした。自我を持った上でも、他者への思いやりを持ち、寛容であることはできるはず。

ほんとうは強くも弱くもない僕ら冬のデッキで飲むストロング

岡本真帆『水上バス浅草行き』

上司のような人間になるのは諦めました。

その頃、たまたま観た樹木希林の密着ドキュメンタリーで、訪れた店の女将からプレゼントを渡されたとき、彼女は「気持ちだけ受け取ります」と言って受領を拒否していた。この時点で結構びっくりしたんだけど、それでも相手が渡そうとしてくると「いらない。本当にいらない」と断言し、最終的に本当に受け取らずに帰った。別の番組では、資料写真と違うスタイルにしようとしたヘアメイクに説教したり、密着しているディレクターそのものに対し「あなたは何が撮りたいのか」と詰め寄る場面もあった。いついかなる場面でも自分の意思をはっきりと提示するのに、周囲の人はそれを喜んでいるような節すらある。それは、彼女が厳しさ以上に大きな優しさを持っている人だからであることが、たくさんの映像を通して伝わってきました。

樹木希林は、私が知り得た自我強人《じがつよんちゅ》の中でもっともかっこいい人間だと思いました。だから、自分にはできないという意味で本当に尊敬しているのは上司だけど、自分がなりたい、マジでおこがましいけど頑張ったらギリギリなれるんじゃないかと思っているのは樹木希林です。

逆に、ひらりささんが尊敬する人ってどんな人、って聞かれたらなんて答える？　ひらりささんの同僚のようにひたむきな人って私もとても好きだけど、好ましいことと尊敬することって、似ているようで少し違うなと思った。

◯ひらりさ（一月二六日）

雪の音につつまれる夜のローソンでスプーンのことを二回訊かれる

服部真里子『遠くの敵や硝子を』

つめたい。ハーゲンダッツをちょぴちょぴつまみながら、文章を書いています。夏に食べるハーゲンダッツもおいしいけれど、冬に食べるハーゲンダッツは格別。

買ったのは、ローソンではなくファミリーマートです。新海誠監督の映画『すずめの戸締まり』って観ましたか？　現実でタイアップしている企業が作中にも出てくるのだけれど、その代わり競合企業は出せないから、出るコンビニ出るコンビニローソン（と断言はされていないが見た目がどう見てもローソン）で、それが不気味だった。ローソンがすべてのコンビニチェーンを滅ぼした世界線だ……と思いながら観た。

尊敬する人について、丁寧に書いてくれてありがとう。上司になるのは諦めたけど、樹木希林はギリギリなれるかも、という感覚が面白かったです。

箸のエピソードを読んでまず、不快に感じたときにそれを口に出せる上坂さんも、私はすごいな、と思いました。というのも私も、会社の同僚男性から、「箸の持ち方が合ってない」と指摘されてすごくショックを受けたことがあって。私は一人で胸におさめて終わった。だから、反撃という認識だったにしても「言う」というコミュニケーションを選べる上坂さんはすごい。言える上坂さんだからこそ、上司さんの徳の高さに気づけたのでしょう。上司さんもかっこいいし、上坂さんもかっこいいよ。

さて。尊敬する人は？　のターンが自分に返ってくると思っておらず、ちょっぴり後悔しています。前回のノートで、私はこれで答えました！　という振りをしていたのですが、振りをしていたのがやっぱりバレていましたね。

尊敬する人は……尊敬する人は……、ごめんなさい。言い澱んでしまう。

これにはいくつか理由がある。

まず、自分の人生を貫く指針がないから。「どう生きたい」みたいなことが、いまだに決まっていない。

自分の性質の嫌いなところはいろいろあるのだけれど、「こうでいたくない」という細かいことの積み重ねなので、上坂さんのように「かっこよく生きたい」「自我を発揮することと他者を尊重することを両立していたい」というような、芯になるテーマがない。友達のことは一人ずつ少しずつ尊敬しているけど、この人！　とならない。

一応、この人いいなあと思いやすい方向性ははっきりある。

他人の声や世間のトレンドを気にせず、現世利益を追わずにそのとき自分が関心を持っていることを何年もコツコツやれる人、だ。マイペースな人と言ってもいいか。

たとえば、自分の弟。彼は理系なのだが、大学院進学の際に母親から、大学院に行ってまで研究する理由を問われて、こう答えていた。

「カイコが、なんで桑しか食べないか気になるから」

母親はこの答えを聞いて、なんでそんな金にならないことが気になるんだ！　と非常に脱力したそうなのだが、私は感銘を受けた。同じ母子家庭に暮らして、こんなに現世利益を無視できるなんて！

私自身は、母親に楽させたいと言って法学部に入り弁護士を目指して勉強していたのだけれど、何か別の利益やステータスを享受できるという目的でしか勉強に打ち込めない自分のことを恥じていた。そこで恥じずに、そういう自分をまるまる受け入れて猪突猛進できればもしかしたら弁護士になれていたかもしれないが、そこで突っ走り切れない程度には弟のようなタイプに憧れていた。結局弁護士にはならず、大して母親孝行もせずに暮らしている。

異性として好きになる人間がいわゆる学者肌タイプばかりなのも、この憧れと一致している。たとえば、大学時代に好きだったＡくん。大学三年生の時にゼミで知り合ったのだが、彼はその年度に留年していて、二度目の三年生だった。ゼミでも熱心に発言しているし、内容も明らかによく勉強している人の発言ばかりだし、なんで留年したんだろう？　と不思議に思い、飲み会で聞いたら、こう言われた。

「映画を学生料金でもう一年観たかったから」

そのときは、留年中の学費のほうが一年に観る映画代より高いでしょ、とか、一年遅く社会に出るぶんも損でしょ、とかツッコミを入れたと思う。でも彼は、たんに映画料金のことだけじゃなくて、世間の時間の流れと違う生活をできる期間をのばすことに重きをおいていた。当時の私も、ツッコミを入れつつも彼のそういうところを羨ましいと感じたのだ。

その一年、彼からは私が当時好きだったＡＫＢのまゆこと渡辺麻友の画像が無言で送られ続け、私はお返しに彼が好きな女優であるスカーレット・ヨハンソンの画像を一生懸命検索してやはり無言で返し続けた。一度、彼の高校時代の友達が彼女を欲しがっているというので、私の友達を誘って二対二で合コンしたことがあるのだが、そのとき彼と私の友達が

「恐怖ノ黒電話」というホラー映画の話で盛り上がってしまい、私は何も口を出せなかった。彼はいまは、法哲学の研究をしているはずだ。

こういう、とことんマイペースな人たちに一番憧れているから、会社員になってしまってからは、尊敬したい人が見つかりにくいのはあるかもしれない。会社というのは、集団で協調していく場所なので。

さて、このように憧れのタイプははっきりしているし、なりたいとも思ってきたのだけれど、そのようなムーブを「尊敬」と許容するのを、本当はまずい気もする。私の憧れの方向は、自分の魂のあり方やここまで積み重ねたものとかなり真逆で、いつも誰かを好きになると、自分を完全に否定する感じになってしまうからだ。

上坂さんも、元上司さんをトレースしていたらストレスで死にそうになったと書いていたよね。私の場合、自我の境界がべちょべちょで、誰かに影響を受けるモードになると、徹底的に取り入れて、パクり感がすさまじくなってしまう。そして「私ってだめだ……」という自己否定を動力に、鬱のエンジンが無限に駆動する。

だから、誰か特定のひとりを尊敬するスイッチを入れないように、いま現在は意識的にストップをかけているのかも。自分の魂をほんのりチューニングする形でちょうどよく取り入れられるといいんだけど、本当に難しい。私の尊敬は、完全なる自己否定と、自他の境界への破壊、相手の教祖化へと転がり出しがちなのです。

というか、マイペースな人への一貫した憧れ自体が、自己否定を目的として設定された欲望だという疑惑さえある。自分の欲望すら信用できない。メタフィクショナルな我が人生。

上坂さんは自分の自我を守りながら、他人を尊敬し、自分を変容させていっていて、すごいよ。人を尊敬できる人がいま私の尊敬したい人だと思う。それこそ、上坂さんのことを尊敬しているな、と思う。いや、こうやって軽く書くと、くるくる人を尊敬しては、くるくる次に行っているように見えるよね。本心だけど、今回書くだけにしておく。

他者を健全に尊敬するには、まず自分の土台の部分を肯定する必要がある、と、つくづく思う。「自分の気持ちを否定することは、自分に対する暴力」の言葉にも近いね。私は、私自身に敬意を払えるようになりたい。そして、なりたい人の恋愛対象になろうとするのではなく、自分が自分のなりたい人間になるんだ、と決意した。決意してから、一年経つか経たないかくらいだけど。

もう一つ言うと、自分の土台を肯定できたあとには、不特定多数の他者へのまんべんのない敬意を持つというステップも存在していると思う。私は私を舐めているから、たぶん他者のこともそこそこ舐めてしまっている。本当に、この「舐め」をなくしたいなあと思っています。単純に生来の性格として自分本位なのもあるけれど、大学や最初の職場で受けた扱いが今でも尾を引いている気はする。実は男子同級生の間でブス認定されていたやつとか、上司から「若い女だからもっとおじさんを転がせると思っていた」とか罵《のの》しられた体験とか。

自分が傷つけられるよりは傷つけたほうがいいと思ったことはない。けれど、自分が傷つく可能性を減らすために、自分を傷つけやすそうな人から距離を置きたいとき、私は「舐め」で強がりがちだ。そして、これまでの経験を言い訳に、「男」全体から距離を置こうとして、「女」への親近感を強調しがちでもある。

主語を「私」にして生きるのは、そうした傷つきを恐れないことや、言葉を尽くしてお互いの前提を伝え合うこととつながる。面倒くさいことを怠けない、というのは、ひとつの強さだね。怠けていない人の書くものは美しい。

わたしたちみんなひとりを生きてゆく　横一列で焼き鳥食めば

上坂あゆ美『老人ホームで死ぬほどモテたい』

怪物とAI

●上坂（一月三〇日）

マジで寒い。

冬のMacBookって本体が冷たすぎやしませんか？　深夜原稿やっていると手が氷のようになります。極度の冷え性のため、手だけでなく足先もほぼ氷です。去年の冬は、足用湯たんぽっていう、お湯を入れて使うスリッパみたいなやつを愛用していたのですが、愛用しすぎてなのか、気づかないうちに猫にかじられたのか、たった一度冬を越しただけで穴が開いてしまいました。あれ割と高かったのに。そこで今回の冬は、一人用の足元こたつというものを買いました。ホットカーペットを円筒にしたような形で、そこに脚を突っ込んでおくと、とりあえず膝から下は暖が得られる。それでも手や上半身はしんしんと冷え続けるので、あまりに寒い日はその円筒の中に、体育座りになって入り込みます。そこから手だけを出して、今、これを書いている。さながらスターウォーズのR2-D2のようなフォルム。あ、私の胸と膝の間にある隙間に猫が入ってきた。このままの姿勢で、しばらく動けなくなることが確定しました。

前回のノート、ものすごく怖かった。さらっと書いているように見えて、そこが余計に怖かったんだけど、ひらりさんの中ではそれくらい、もう何周も考えてきたことなんだろうね。やわらかい部分に土足で踏み込むようで申し訳ないんだけど、もうなんかこういう交換ノートだから、思ったことをそのまま、書きます。実はしばらく前から私は、ひらりさんって会話型ＡＩみたいだなと思っている。知識が豊富で、テキストが上手くて、レスが早い。同時に、人間の割にはあまりに感情がない気がする。

そもそもこの交換ノートの初回で、私はひらりさんに対して攻撃的な、結構とんでもないことを書いてしまったなと思っていたから、原稿を編集者さんに見せる前にひらりさんだけに送った。これを読んだらひらりさんは傷つくだろうなと思いつつ、でも腹括るしかないと思って、送った。

次の日ひらりさんは、怒るでも悲しむでも謝るでもなく、普通に箇条書きで、議論のポイントを的確にまとめた返信をくれた。ChatGPT かと思った。

いやもちろん、言わないだけで内心怒ったり悲しんだりしていたのかもしれないんだけど、その後も変わらない距離感で雑談をしてくれたり、新年会誘ってくれたり（！）して、少なくとも私が想像していたほどのダメージは受けていないように見えた。それでも、私が書いたことを軽く捉えているわけではないということは、書いてくれた文章を読めばわかる。多分、心の奥の方で、どうしようかと思いながら、大切に受け止めてくれている。ただ、私が投げた豪速球は、ひとつの「情報」として蓄積されているようで、私の発言でひらりさんの「感情」が乱れることはないのかもしれない、と思った。

私は人の感情に寄り添うのが苦手だ。

例えば知人から愚痴をこぼされたとき、途中から「これは解決策を求めている相談ですか？　それとも聞いてほしいだけですか？　私はどちらの態度で臨めばいいですか？」と聞いてしまいたくなる。いや、実際に聞いたこともあるな。

そういう性質だから、別に私の発言によってひらりさんに怒ってほしいわけでも、悲しんでほしいわけでもなかった。それよりは、お互いが健やかに過ごせる解決策を検討するために、それこそ「情報」として処理してもらえるほうがありがたいかもしれない。だけど私は、他者の感情に鈍感であるという性質によって多くの人を怒らせたり悲しませたりしてきた過去があるから、そんな自分が豪速球を投げても、ひらりさんの感情があまり動いていないように見えることが、単純にとても興味深いと思ってしまいました。

核発射ボタンをだれも見たことはないが誰しも赤色と思う

松木秀『5メートルほどの果てしなさ』

例の上司と出会ってから開眼した私は、他者と喋るとき無闇に傷つけないよう、自分なりに言葉を選んでいます。でもここ一年くらい、実はひらりささんに対して、普段友だちには言わないような突っ込んだ発言をわざとするところが、私にはありました。もちろん誹謗中傷や人格否定みたいなことはしないけど、ひらりささんの発言の矛盾点（のようなもの）を突っ込むみたいな、言われて快くはないだろうなという、そういうスレスレのやつ。以前書いた「ひらりささんが私を認めてくれるのは、私が女だからなんじゃないの」というのも、今考えるとそれの一環だと思います。

少女漫画に出てくる俺様系イケメンが、めずらしく自分になびかない女を見て、「ふーん、おもしれー女」って興味を持つ展開、ありますよね。そのように、あらゆる人を傷つけてきた私は、傷ついていない（ように見える）ひらりささんの感情が動くところを見てみたいという、自分勝手な好奇心が、少しだけ、ありました。

これは懺悔です。前回ひらりささんが、私のことを尊敬しているとまで書いてくれたのに、実際の私はこういう嗜虐性を持っている人間なので、どうにも居心地が悪くなってしまい、言わずにいられなくなった。

これはさすがに怒るんじゃないか、これはさすがに失礼なんじゃないかと思いながら、ジャブのように発言を繰り出すも、結果から言うとひらりさんは、一度も怒らず、感情を波立たせることはありませんでした。最近になって、自分がわざとそういう発言をしていたことを伝えたら、「全然気づいてなかった」と言われた。私の負けです。

私が女性で、しかも一定の距離を置くべき友人と思われていたからかもしれないと考えましたが、私以外の他者に対しても、感情を発露させている姿をあまり見たことがない。もちろん恋愛や仕事で一喜一憂しているときはあるけど、それは感情というよりも、本能の一部というか、外部刺激への反射として行っているみたいに見えるのです。

先日母と話していたら、「あんたは小さい頃、ものすごい平和主義者だったよ。誰かが怒ったり声を荒らげたりすると、顔色がスーッとなくなって、すぐどこかに避難してた。『みんな仲良くしてるのがいい』とずっと言っていたから、あんたの前ではパパと喧嘩しているところをできるだけ見せないようにしていたんだから」と言われた。母の努力むなしく、両親が喧嘩しているときは正直毎回気づいていました。ただ私は自分のことを、生まれつき他者の感情に鈍感で、根っから攻撃的な人間なのだと思っていたので、これを言われたときはとても驚きました。母曰く、私は元々は他者の感情に敏感で調和を重んじる性格だったが、家庭や学校で受けたいろいろな傷によって、自分の感情も他人の感情も蔑《ないがし》ろにするようになって、「傷つけられるくらいなら傷つけた方がマシ」という考えに変わったのではないかと。そのときの母は、安全な家庭環境を用意できなかった自分のせいだと言いたいような、とても申し訳なさそうな顔つきでした。被害者を気取るのはどうにも性に合わないから、これが事実でも事実じゃなくてもどっちでもいい。ただ、あまりに辛いことがあると、自分の感情を殺すようになるという仕組みには、私自身とても覚えがある。

息をするだけで他人を傷つけるシザーハンズと呼ばれたことすらある私に、あそこまで踏み込まれても、突っ込まれても、感情を波立たせないひらりささん。それは過去に大学や職場で受けた傷のせいかもしれないと、少し思う。もし私と同様に、元々は感情があったのにもかかわらず封じているのだとしたら、それはぜひ取り戻してほしい。ひらりささんが「自分の土台を肯定できる」ようになるために、まず自分の感情に敏感になることが、土台肯定への第一歩かもしれない。同時に、それって安易な結びつけだよなと思う自分もいる。そんなのは全然関係なくて、ひらりささんはもともと、感情があまりない人として生まれたのかもしれない。そのケースだと、ひらりささんを苦しめる自己否定感はどこからきているのかが気になる。生まれつき自己否定感の強い人っているのかな？　客体化して本当に申し訳ないけど、それはそれで大変興味深いと思ってしまうな。

社会で生きてると、「まあ良い行いではないけどそんなに怒ることか?」と、他人に対して思うこと、ありませんか。逆に、自分は非常に腹が立ったけど、友人に言ったら「まあまあ、そんなに怒ることかな」っていう反応をされたこととか。

あれがなんで起こるのかと考えたとき、人間って、自分がもっとも気をつけていることを蔑ろにする他者に対して、怒りを感じるようにできているんだろうと思うのです。例えば、誰にでも挨拶することを最重要だと考えている人は、あまり挨拶をしない他者に対して怒りを覚える。とにかく他人を不快にさせない言動に心を砕いている人がいたら、傍若無人で不用意な発言をする他者に対して怒りを覚えるのでしょう。「誰でも激怒して然るべきこと」というのは意外と世の中に少なくて、多くの場合は、人それぞれが、それぞれの基準で怒っているのです。

私は、「一人では気弱なのに、集団になると気が大きくなる人」にどうしてもイラつきます。一人では人を嫌うこともできないのに、集団に属すと途端に悪口を言う人、みたいなね。それは私が個であることにプライドがあって、他者の意見に左右されない、自分の真の気持ちこそが重要と考えているからだと思う。

ひらりささんはそういう、絶対的な悪ではないけど、自分ではどうしてもムカついてしまうことってありますか。

「人生の指針がない」と自ら言っている人に聞くべき質問ではないのはわかっているので、無いなら無いで、大丈夫です。こういうところから、なりたい人間像の欠片《かけら》を探してみてはどうかなというおせっかいな気持ちもあるし、これ言ったらひらりささんはどう思うかなっていう、意地悪な自分も、やっぱりいます。

ぞっくぞっくと悪寒するなりわたくしのどこを切りても鼠の列

渡辺松男『泡宇宙の蛙』

○ひらりさ（二月七日）

助けてください。SUUMOのアプリを繰る手が止まりません。

朝も夕も夜も、病めるときも健やかなるときも。この半年ほど毎日一喜一憂していた交際相手からのＬＩＮＥのことなんてすっかりどうでもよくなり、保存した検索条件にあわせたSUUMOからのプッシュ通知のほうが待ち遠しくなってしまいました。しかも今朝開いたら、一覧ページの代わりに、物件情報のカードが一枚ずつ表示される新ＵＩがリリースされていた。一瞬、消したはずのTinderを開いたかと思いました。

この交換ノートを書き出した頃は、気分の上下のサイクルでいうと、↓のフェーズがしばらく続いていました。でも今はかなり↑↑↑。冬至を過ぎて徐々に日が長くなっているのを、体が感じ取っているのかな？

こういう↓から↑の切り替わりのタイミングに、勢いづいてしまって（人間関係的な意味で）転げることが多いので、気をつけます。「大きい買い物したくなってるの、やばいから気をつけなね」「今年は買うな」と友人からも言われました。こういうときの私の判断を誰も信用していない。

身体という水瓶に泳がせる鬱の金魚はいま夢のなか

鈴木加成太『うすがみの銀河』

前回のノート、興味深かったです。「私もそう思ってるんだよー」というれしさと、「でも上坂さんはそう思うのか！」という驚きの両方がありました。

私もそう思ってるんだよー、と感じたのは、「会話型ＡＩみたい」というところです。私もそう思ってるんだよ！

思いすぎているので、何度も書いてしまった。自分では上坂さんのしてくれた表現でとらえたことはなかったけど。

外部から受けた入力と、自分が行う出力の《あいだ》がないんだよなーと感じていました。この《あいだ》が、上坂さんのいう感情なのかも。

他人の言動が、自分の想定に沿っていたら「その通りだ」「うれしい」と思って、自分の予想しないものだったら「えー！」「なるほど」「おもしろい」と感じます。あるいは、自分の言動が、他者のポジティブなリアクションを引き出せていたら「よかった」と安心して、そうでなかったら「えー！」「なるほど！」と省みます。

そんなわけで、私には「うれしい」「おもしろい」「かなしい」はあるけど、怒りは生み出されにくい。外れてムカつくってことにはならない。外したら基本的に自分のせいだ、と思ってしまうから。そしてこの「うれしい」「おもしろい」「かなしい」は刺激に対する反射的な情動、であって、いわゆる感情とはなんか違う気がしてるんだよなあ……というのはよく思っていました。でももしかしたら思考をしていない、思慮が浅いから、感情に達しないというのもありそうです。

断りを入れておくと、「うれしい」「かなしい」にあるのは、自分が「正解のようでうれしい」「不正解のようでかなしい」という要素だけではありません。ちゃんと（?）「相手と楽しくコミュニケーションできているようでうれしい」「どうやら相手とうまくコミュニケーションできていないようでかなしい」という要素もあります。


チューリング・テストってわかる？　人工知能は「人間らしく」できるのか？　という思考実験なんだけど。私は他人と会話しているときにいつもそんな気分です。上坂さんは自分のことを《怪物》のように認識しているよね。私も自分を《人間もどき》だなあと感じている。

実は、「早く人間になりたい」というブログを作ったことがあるんだよ。いま上坂さんがnoteで更新しているエッセイマガジンのタイトルと同じだね。私の場合はそのブログに「人間うまくやれなかった」エピソードを書いたら、友人から「全然反省してないね」と言われてしまった。「私、間違えたんだ！」とびっくりしてブログごと消しちゃった。「早く人間になりたい」自体は『妖怪人間ベム』のセリフだけれど、今思うと、私の自認は《妖怪》よりは《機械》っぽい。自分で言うのもなんだけど、デジタルな感じ。ゼロかイチか。

どうしてこういう人間なのか。自分で考えた限りでは、受験勉強のシステムに過剰適応したせいではないかという仮説を立てていました。時間制限のある中でとにかくすべての問いに答えて正答率が高ければ点数が高い、というルール。これを人間どうしの会話にも適用してしまっている気がする。正答率もっと上げたいなと思っている。正答率の問題ではないの、頭ではわかっているんですが。

上坂さんの「それは過去に大学や職場で受けた傷のせいかもしれない」という指摘は新鮮でした。正解／不正解に対してより切迫感を抱くようになったのは、パワハラ上司の下で働いたから、なのはありそう。

でも、ゼロかイチか、って感じの心のあり方の素地は、子供の頃からあると思う。先天的なものじゃないかな。

たとえば幼稚園の頃。通っていたバレエレッスンの後に、紙コップ式の自販機でメロンソーダを飲むのを習慣にしていたんだけど、ある日「いつもとメロンソーダの色が違う」と言い張り、三杯くらい買った。その三杯は同じ濃さの緑だったたんだけど、「違うから飲みたくない」と言ってどれも飲まず、結局別の子のお母さんが飲んでくれたらしい。

信仰が足りないんだろう　私だけメロンソーダの緑が薄い

十和田有『流刑』

「うーん、緑色ではあるし、これもメロンソーダか」と許容できずに全部人に飲んでもらったあたりに、デジタルな感じを受けませんか？　まあ、子供時代の妙なこだわりエピソードは誰にでもある気もするね。我が家では弟のほうがこういう気質を持っており、私についてはあまり問題視されなかった。

ちなみに「でも上坂さんはそう思うのか！」と驚いたのは、原因の考察というよりは、「やわらかい部分に土足で踏み込むようで申し訳ない」のところでした。私の「やわらかい部分」だったんだ！　私の心はぐにゃぐにゃアメーバ状であるため、幸か不幸か、特別にやわらかい部分はなく、どこにでも踏み込んでもらって大丈夫です。解釈大歓迎です。でも怖がられるとかなしいかも。これからも怖がらせると思うけど。

こうやって掘り下げていくと、先日書いた「マイペースに生きている人」を尊敬しているという話は、そういう人は私を怖がらないから、という安心感も交ざっていそう。二〇代から三〇代にかけて、五年くらい好きだった人がいたんだけど、彼は「人の感情を類推するのが苦手。絵だけのＬＩＮＥスタンプ一個送られてきたときとか本当にわからない」という話をしていた。あのときは「そのレベルで人の感情がわからないのかこいつ！」と、人間目線で驚いていたけど、類は友を呼ぶということだったのか。

さて、ムカついてしまう相手でしたね。先ほど書いたように対人間でいうと、万事について「まあ私が不正解だったんだな」と自責してしまうので、あまり怒りを感じることはないです。でも、この文章を書いていて思いあたりました。私について、「見当外れの解釈を披露してくる人」に怒りを感じます。

昨年、一番腹が立った出来事を思い出しました。ある男性に告白されて、断りました。その後、その人が自身の近況をつづったブログエントリを何げなく読んだところ、「女の子に振られました」「やはり稼いでない男はダメってことですね」とあるのを目にしてしまいました。

私は「〝女の子〟って書くのをやめてほしい」「あなたの告白を断ったのは、収入とは関係ないので訂正してほしい」と伝えました。別に彼と私の間でそうした出来事が起きたのは誰も知らないことでしたが、私は、誰かから見て私が「女の〝子〟」「稼いでない男はダメ」な人間である状態が苦痛でした。彼からは「ぼくがどう思ったかは自由です」「他の人に聞いても、そんなことを言ってくるほうがおかしいと思うよと言われた」「振られて精神的に参っている人にする連絡ではない」と怒りの返信がきました。その通りだなあと思う気持ちと、そうではないだろうと思う気持ちがありました。

私の「解釈違い」をされるのは本当に許せないです。我慢ならない。メロンソーダの緑が少し違うことくらい我慢ならない。他人からしたらささいなこと、私の頭がおかしいと思われるようなこと、でも我慢ならない。それが許せなさ過ぎて、それ以外のことは全部許せてしまうのかもしれない。許せる許せないっていうより、どうでもいい。私って、実は私のことが好きなんでしょうね。

だから、上坂さんが私を心から怒らせることはできないよ。

晩年のあなたの冬に巻くようにあなたの首にマフラーを巻く

大森静佳『てのひらを燃やす』

金と無駄

●上坂（二月一一日）

家を買う、やっぱ買わない、買うなら何区がいいか？　ていうか都内だと無理かも、それだと彼氏の家が遠くなる、やっぱ買うのやめようかな、あっ明日内見行ってくる……と、ものすごいスピードで日々更新されるひらりさんのInstagram ストーリー。ひらりさんが、あらゆる不動産情報の海を溺れながら泳いでいるのを、毎日薄目で見届けています。

誤植あり。中野駅徒歩十二年。それでいいかもしれないけれど

大松達知『アスタリスク』

私も数年前に、今住んでいる家を買いました。樹木希林が「不動産を持っていると自由に仕事ができる（最悪クビになっても不労所得があるから、権力者におもねらず自由に振る舞える）」と言っていたのを見てすぐに家を買った話、ひらりさんにはしたことがあったよね。二九歳で家を買い、三五年ローンを組んでからわずか三年でうっかり脱サラして、もはやおもねるべき権力者もいないのに、家だけは手にいれてしまいました。

それでも家を買うとなったときは、統一感のあるおしゃれなインテリアを夢見て、心を躍らせていました。好きなテイストの部屋の写真をたくさん集めて、家具を調べて、ついに私も丁寧な暮らしをするんだ！……と思っていたはずなのだけど、買ってから数年経つ今でも、全く丁寧には暮らせていない。むしろかなり杜撰な暮らしをしています。前は杜撰なりに物が少ないから散らかってはおらず、おしゃれではないけど人を呼んでも不快にはさせない程度の家でしたが、今は単身向けの狭い部屋にパートナーが転がり込んできたため爆裂に物が増え、もはや絶対に他人を呼ぶことができない部屋と化しています。

二人で住むにはそもそも家が狭すぎるという点はさておき、なぜ我が家がおしゃれにならないのかを考えてみると、まず、家具を買うのがめちゃくちゃ苦手。私はお金や労力などのコスト全般に関して、絶対に無駄なことはしたくない気持ちがある。無駄になる可能性が高い作業を強いられると、本当に心がげんなりする。原稿も完成形をイメージしてから書くことが多く、できるなら無駄な文字は一文字も書きたくない。実らない努力はしたくないのです。自分のこういう性質が浅ましいと思ってたびたび本当に嫌になるけど、でも、どうしても、そうなのです。

家具って価格がピンキリすぎる上に、捨てることにすら結構労力がかかるじゃないですか。

人に譲るのも、メルカリで販売するのも、粗大ゴミに出すのにも手間とお金がかかる。つまり、初手で正解の家具を選ばないと、お金も労力も絶対に無駄が発生するのです。でも正解の家具を買うのってすごく難しい。サイズもさることながら、「おしゃれな部屋」を目指すためには全体の統一感が必要になって、レイアウトの知識や戦略も必要になって、自分のお財布事情も鑑みて、それで正解を選び取るのって、眩暈がするほど途方もない作業に感じる。そこで正解を選ぶのに成功したところで、今の家は狭いからと引っ越しでもしようもんなら、サイズや間取りの関係でこの成功が無駄になり、結局選んだ家具を捨てる未来もあるわけです。怖すぎる。おしゃれ部屋への道、怖すぎる。だったらもう「インテリアに無頓着な人」に属した方が、悩まずに済む。

そういうわけで我が家の机は長いこと段ボール箱だったのですが、物は置けるしご飯は食べられるし作業もまあできるし、機能的にはたいして困らなかったので、机って物や人間の手を置くだけなのにあんなにいろんな種類があって不思議だなあ、と今でも思っています。

そもそも私はお金を使うのがすごく苦手。幼少期に貧しい思いをしたから……という理由だったら筋の通った美談にもなったんだけど、残念ながらこれは生まれつきのものだと思う。親が離婚する前の我が家は比較的裕福で、いつもブランドものの服を着せてもらっていたけど、その頃から自分の貧乏性は発揮されていたから。

小学一年生の頃、私と姉、従兄弟を、叔父さんが子供向けのゲームセンターに連れて行ってくれたことがあった。みんなに二〇〇円ずつ渡して、これで遊んできなさいと。姉と従兄弟はわあっと走り出し、それぞれゲームに熱中するなか、私はポケットの中の二〇〇円を握りしめて、ゲーセンの入り口で棒立ちになっていました。マリオカートも太鼓の達人も一瞬で終わる上にどうせそんなには楽しくないし、メダルゲームで勝っても現実のお金には替えられないし、ましてやそんなに欲しいわけでもないぬいぐるみを苦労して取る意味がわからないと思っていました。だったらこの二〇〇円を使ってブックオフの一〇〇円コーナーで本を買いたいと思って、従兄弟たちのゲームが終わるのを待とうと思いました。

動かない私を見て、叔父さんが「あゆちゃんも遊びなよ」と声をかけてきましたが、「やりたいのないから」と答えると、「でも、それはここで遊ぶためにあげたお金だから……」と困った顔をしています。しばらく問答を続ける中で、私は自分が二〇〇円欲しさにゲームを我慢している可哀想な子と思われていることを察知して急に恥ずかしくなり、叔父さんを安心させるために、そんなにやりたくないゲームに泣く泣く二〇〇円を使いました。

そんなにお金を使うのが苦手なのに、じゃあなんで家は買えたのかと言えば、買った方が絶対に得、というか賃貸でいる方が無駄が発生するということがわかったからです。今は都内の物件価格が高騰しているけれど、少なくとも私が家を買った当時は今よりも多少お買得でした。地元があまり好きではないし、海外にも強い興味はないから一生東京で暮らそうと思っていて、そうすると毎月一〇万円前後の家賃がかかる。家を買うと、同じく毎月一〇万円程度の出費はあるものの、それはローンの返済分となり、ゆくゆくは資産として家が手に入る。返済途中で引っ越すことになっても、最悪売ることができるし、都内の駅近・築浅物件を買っておけば、ほぼほぼ元値を割る事態にはならなそうだった。一生東京にいる覚悟を決めている私からすると、賃貸って毎月の家賃をドブに捨てているようなものだ！　と思い、その無駄を防ぎたい気持ちの方が大きくなった。正直、好みだけで言えば築年数六〇年は経っている古民家やヴィンテージマンションとかの方が好きなんだけど、それは将来的に元値を割る可能性が高かったのでやめた。私はロマンを捨てて資本を取り、そこそこ綺麗めな駅近マンションの一室をポーンと買いました。

つまり私は、お金を使うこと自体が苦手なのではなく、効果効能のよくわからないものにお金を使うのがとにかく苦手なんだと思ったのです。

自分がお金を一切惜しまずに費やせるものは何かと考えると、本、猫や自分やパートナーの健康診断や医療費、それから人と会うときの交際費です。健康診断に行っておくと後でもっと多額の医療費が必要になることを防げるし、人との交際は価格以上の発見や情報を得られるし、本に至っては購入価格の一〇倍、一〇〇倍くらいの価値がある物語や知識を私にくれる。これらは効果効能が約束されているから、いくらでもお金を払える。だけどインテリアにこだわる人もお金を費やす理屈は多分同じで、彼らはインテリアに対して効果効能を享受できているんだと思う。私は、命や物語や情報には価値を感じるのに、物に対する執着が本当にない。かわいらしいぬいぐるみを見ても、布と綿の集合体だと思ってしまう。こんまりメソッドで断捨離を試みたとき、何にもときめかないから、全部捨ててしまいそうになった。そういう自分が本当にかなしくて、恐ろしくて、浅ましくて、後ろめたい。

地球には言葉があってでもダメでだからぬいぐるみはやわらかい

上坂あゆ美

前回のノート、すごかったです。深夜二時に送られてきたのに、「やべーーー面白い」って即メール返してしまったほど。ひらりささんと私はきっとうまく人間がやれないところが同じで、だけど私は怪物か妖怪で、ひらりささんはアンドロイドだから、味わっている苦しみも、必要な解決策も、全然違うのですよね。怪物にもわかるような言葉にしてくれて、ありがとう。なかでも自分との違いを感じたのは、〝人間らしく〟振る舞うために、ゼロかイチの正答例を常に考えて、当たっていたら安心、外れていたら反省するという部分。私も人間界のルールに則れていない自覚があったから、そうやって機械学習的に正解を出そうと試みた時期があった。だけど予想通りの正解ばかりの会話があまりにもつまらなく、同時に正解じゃないとわかっているけど言いたいことが山のように積もって苦しくなり、すぐに耐えられなくなってしまった。それは以前書いた、尊敬する上司の振る舞いを真似てみたものの、抑えきれない自我があったのと近い感じ。だからできるだけ正答率を上げて本気で人間になろうとしているひらりささんに比べて、私は本当は人間になりたかったのではなくて、怪物である自分を、そのまま認められたかったのだと思います。怪物である自分を許されたいがために「はやく人間になりたい」とか言って、一応努力はしていますよというポーズを取っていただけかもしれない。

ひらりささんは「怖がられるとかなしいかも」と書いていたけど、前回の文章全体を通して、ごめん、やっぱり怖かった。色々あるけど一番怖かったのは、「(私の心に) 特別にやわらかい部分はなく、どこにでも踏み込んでもらって大丈夫」というところ。そういうことを言われると、私は普段押さえ込んでいる嗜虐性を発揮してしまいそうになる。早めに拒否してくれないと、本当にやってしまうよ。加害って、合意があったらいいとかいう類いのものなのかな。本当に？

ひらりささんはきっと私のこういう習性に気づいていて、わざと言っているんですよね。その上で、私があなたを心から怒らせることはできないと、思っているんですよね。ひらりささんが挙げた本気怒りエピソードの相手は男性でした。じゃあ私が本気でひらりささんを怒らせることができたら、ひらりささんは初めて私を、女だからという理由で許さないでくれるのかなって、ちょっと思ってしまいました。

○ひらりさ（二月二四日）

先週はありがとう。予約してくれた西荻窪のお店、すべてがおいしかった。何もかも夢みたいな味がしたけど、からしのツーンと利いただし巻きたまごサンドが最高だった。店主が、キャンドルを差しただし巻き卵サンドをかかげてサプライズハッピーバースデーソング合唱が始まり、お祝いされたお客さんが「私、こう見えて六〇歳です！　孫が二人いるけど飲み歩いてますー！」とニコニコ宣言した瞬間が本当に美しかった、西荻窪の包容力を感じた。六〇歳があっという間に来てしまう確信はあるけれど、六〇歳の自分がサプライズで誕生日を祝われている姿は全然想像はつかない。途方もないことだね。

あの人はきっと西荻窪に歩いて来られるところに住んでいるのだろう。最近、物件情報を無限に見ているから、建物を見れば築年数を考えてしまうし、人間を見れば住んでいる家を想像してしまう。そのくせ、一〇年後の自分や二〇年後の自分の姿や、その住んでいる場所は全く思いつかない。想像するんじゃなくて、こうなりたい、って思えるようになりたい。……いや、書いてみたけど、これ嘘かも。自分の人生の予想つかなさ、みたいなところを愛している。

感情を類別しつつ翠鳥《そにどり》の青黴乾酪《ブルーチーズ》を薄皿にとる

魚村晋太郎『銀耳』

集合時間が遅かったとはいえ、解散する頃には日付が変わりかけていたのには驚いたね。LINEでも報告したけど、待つプラットホームを間違えたせいで、間に合ったはずの終電を逃してしまった。なかなか大変でした。

あの日は、朝も、美容クリニックの予約に寝坊してしまい、冷気で肺が凍りつきそうな速度で走って、キャンセル料三三〇〇円を回避したところだったのだ。ここでタクシーに乗ってしまったら朝の決死ダッシュが無に帰してしまう……今夜はタクシーに乗りたくない！

と思い、中野から自宅までを約二時間徒歩で帰る覚悟を決めた。

しかし、東中野の真っ暗な住宅街まで歩いたところで、寒くて疲れて心が折れて泣きそうに。我ながら早すぎるな。もう大通りに出てタクシー乗っちゃおうかなぁと思った時に発見したのが、LUUPのシェア自転車。そうして、朝以上の風と冷気に顔と指先をさらしながら、どうにか自宅まで辿り着いたのでした。しかもインターネットで拾ったクーポンコードでゼロ円！　今月はもうiPhoneのモバイルデータ通信に容量制限がかかっていて（どう考えても無限にSUUMOを見続けていたせいだ）、アプリのダウンロードや自転車返却時のネットワーク通信にそれぞれ三〇分くらいかかってしまい、所要時間は徒歩と変わらなかったけど。

費用対効果を考えたら、さっさとタクシーに乗って早く帰宅し、ぐっすり寝るのが合理的だった。でも、夜中の中野区〜新宿区〜文京区を、大久保通りに沿って爆速で駆け抜けたのは、思いがけない解放感でした。以前住んでいた東新宿も通りすぎた。東新宿はちょうど、ポイ捨てされたゴミにまみれた新宿と、草木にあふれた閑静な新宿が切り替わる地点。人がいない時間でもここまでの混沌に満ちているなんて、大好きだなあと改めて思った。

ロマンの反対って資産性だったのか、と上坂さんのノートを読んで思いました。新年会で、上坂さんが大切にしているのは常識ではなく良識だよね、もっと感覚的な言葉にすると筋って言い換えられるよね、って話をしたね。筋とか美学のことを、私はロマンと同カテゴリに分類していた、つまり私は上坂さんをロマンに生きる人間だと思っていたのだけど、上坂さんからすると別物なんだなあ、というのが興味深かったです。

上坂さんが人の世のルールを学ぼうとしているのも、筋と合理性なんだろうな。究極的に合理的であろうとすると、食事なんてウィダーインゼリーでいいじゃんとか、おじさんからもらった二〇〇〇円をのらりくらりと守り通してUFOキャッチャーは絶対にやらないとか、そういう人間を想像するのだけど、そうなることが、筋によって阻まれているのが、上坂さんなのかもしれない。上坂さんの脳内の、事業仕分け会議を見てみたい。

無駄を許容できるかどうかは上坂さんと私の違いの一つかもしれないね。私は、不正解は怖いけれど、無駄なことは嫌いではないです。自分の選択の結果としての無駄なのであれば。だから、うっかり終電を逃した時にタクシーに乗るのは死に物狂いで回避するけれど、タクシーに乗ること自体は全然ある。この間も、急遽参加した職場のサイゼリヤ飲み会に長居してしまい、予約していた映画に間に合わなくなって、タクシーに乗って二七〇〇円払いました。無駄すぎて、私以外の人間だったら卒倒しそう。

私がなぜここまで己の無駄を許容できるかというと、私が、人生って基本的に無駄だと思っており、日々の暮らしも仕事も、壮大な暇つぶしととらえているからかもしれない。究極の合理性を追求したら、今すぐ人類全員滅びた方がいいと思っている、本当に。というか究極に合理性を追求したら淘汰される個体だと思っているんですよね、自分のこと。すぐスマホ割るし貴重品置き忘れるし終電逃すし寝坊してキャンセル料発生して結局払ったことも山ほどあるし、法科大学院受験に予備校代を費やしておいて一度も行かないまま退学したし……。

節約や節制を美徳とすると、自分が過去に費やした、物が見つからなくて探している時間とか、物が見つからなくてもう一回買ったときのお金とか、彼女のいる男にだらだら執着した五年間とか、そういうものの重さに耐えかねてしまう。私は自分の存在を許すために、効率や、効果効能そのものを善とする価値観の反対をいくように努めているのだと思います。

今も、マンションを買いたいという欲望だけがあり優先順位が決まらないまま、あっちの友達やこっちの友達の話を聞いて右往左往し、内見しては「資産性を追求して築浅がいいかな……」「でも人生の暇つぶしに家を買うことを思い立ったのだから、築古をリノベする方が趣旨にかなうよな……」とか、「XX区やXX区でカルチャーを摂取するのが文筆のためにもなるのでは」「いや、辺境にでかい部屋を買って孤独な時間を増やすのが文筆のためになるのでは」などと価値観がブレて悩んで……の、蛇行した時間の全てを楽しんでいるわけですね。まだ東京のどこに家買うかも決められてません。

ここまで書いて、私は人生を、いの一番に終着駅にゴールした人や総資産を高めた人が勝ちの「桃鉄」方式のゲームとして受け入れながらも、自分だけはオリジナルルールでプレイしたいと願っているのかもしれないと気づきました。あっちに降りてこっちに降りてしながら、「なんか、最初の駅やっぱり好きだなあ」って思ってスタートラインに戻ってもいい感じ。

どれがわたしの欲望なのか傘立てに並ぶビニール傘の白い柄

魚村晋太郎『銀耳』

上坂さんは自分のなかに確固たる価値観や正解があるからこそ、その時々の自分の判断が、うちなる自分の正解と結果的にずれていることへの恐怖が大きい人なんだろうなと思った。

そんな上坂さんが惜しまずにお金をそそげる対象である、本・猫・パートナー。それらを語る言葉に、効果効能がついてまわったのがちょっと面白かったです。私は逆にこれらこそ、自分の人生のなかで無駄を楽しめる部分だって思っているから、本当に全然違うね。言葉の用法や思考の様式が。

そうだ、パートナーって言葉こそ、私が使うことのない言葉なのでした。私には恋人がいたことがあるし今もいるのだけれど、彼らは全くパートナーではないと思っている。恋愛をした相手と一緒に暮らしたことがないし、家計を同一にしたことがない。恋愛感情が昂って一緒に住みたいと思うことはあるし、物価高に直面すると家計を折半する相手が欲しい……と思わなくはないんだけど、それをしたとしても私は相手のことをパートナーとは呼ばないだろう。自分にとって、恋愛は「無駄」の枠に置いておきたいことだから。

かつて付き合った男性がインターネットで私のことをステークホルダーと称していて、彼としてはおそらく照れ隠しやユーモアだったのだが、私はそれがめちゃくちゃキモいな、と思ったことがあった。長く友人でいたのに、交際関係になったとたんに「利害」に立ち入れると思われたのがなんかすごく嫌だったなあ。

上坂さんは、現在のパートナーさんと結構長いよね。怪物性はおさまる一方でしょうか。上坂さんは「女」というアイデンティティを振り払いたい人だとつづっていたけれど、恋愛関係がそうした自分の生き方とコンフリクトすることはない／なかったのでしょうか。「人間」の「上坂あゆ美」として恋愛することができているのか、書ける範囲で教えてくれたら嬉しいです。

さて、今週末は恋人と京都旅行に行ってきます。

恋と欲

●上坂（三月三日）

先日の新年会のとき、西荻窪まで来てくれてこちらこそありがとう。その後終電を逃したという連絡が来たとき、だったら原稿を書きながら一緒に始発まで待てばよかったなと思ったけど、無事帰ることができて本当によかった。

あの日、「上坂さんは常識はないけど良識はある」と言われたことがとても心に残っています。マジでそうだし、そうありたいと思っている。常識がないというか、自分はもはや常識に対して、アンチの姿勢を取っている。それを「筋」と言い換えられたとき、ほぼ任侠《にんきょう》モノの世界じゃんと思ってウケました。同時に、ひらりささんの生きるデジタルな世界に、筋とかいう概念はなさそうだよね。

恋愛ってごくありふれた話題なのに、いくら考えても全然わからないものの一つです。怪物であるところの私にも、友人や家族や猫などに対して、大切にしたい、幸せでいてほしいっていう気持ちはあるから、「愛」はまだわかるけど、「恋」がとにかくわからない。「性欲」

ならわかる。でも、「恋」って概念から「性欲」を抜いたときに、そこに残っているものがなんなのか、そもそも何か残るのか、全くわからない。もし何も残らないのだとしたら、恋なんて抽象的な言い方をしてないで、最初から性欲って言ってくれよとすら思う。

私はもしかすると、未だにちゃんと恋をしたことがないかもしれない。どれだけイケメンでもお金持ちでも、恋愛的に好きになることが、私にはすごく難しい。知り合いの催眠術師に、人を好きになる催眠を私にかけられますかと頼んだことすらある。その人がいくつかの簡易的なテストをしてくれた結果、私は催眠の受容性すらも相当低いタイプらしく、効果は得られそうになかった。

このように、恋愛ひとつとっても世間の「常識」とされているものは多くの場合私に当てはまらなくて、どちらかと言うと私を苦しめることの方が多かったので、私は私が楽に生きるために、「常識」のアンチになったんだと思う。ていうか「常識」って現代のマジョリティがそう言ってるだけで、時代によって変わるしね。普遍性が低い概念はあまり好きじゃないな。

「君が好きです」そうですか　よかったです　それではわたしは帰宅をします

上坂あゆ美『老人ホームで死ぬほどモテたい』

「愛」について考えるときはいつも、船のイメージが頭に浮かびます。人間はそれぞれに船を持っていて、これだという人を選んで、自分の船に乗せる。一夫一妻制の日本では、多くの人の船はおそらく二人乗りだ。その船を前へ前へ進めるために、二人で作業を分担する必要がある。それを担うのがパートナーの役割。ペットを飼ったり、子どもが生まれたりしたら、船は少しずつ大きくなっていくのかもしれない。

私の船は少し人と違うのかも、と最近思う。どうやら二人乗りどころか、数百人は余裕で乗れるバカでかい豪華客船みたいです。今現在は母、猫、友人たち、かつての上司や同僚、自分の本の読者など、多様な人々が乗っている。なにぶん船がでかいので、この人いい魂持ってるな~と思ったら、初期のルフィかってくらい気軽に船に乗せようとする。その上で乗船者には全員幸せであってほしくて、なにか自分にできることがあるなら労力を惜しまない。助けてって言われたら全力で助けるし、一〇万貸してって言われたら理由も聞かずに貸せる。言われたことないけど。

私はこの豪華客船の船長であり唯一の責任者、そして私のパートナーは下っ端クルーだ。ついでに『ONE PIECE』で喩えれば、アルビダの船に乗っていた頃のコビーくらい下っ端。パートナーは本来共同責任者であることが多いと思うけど、私は自分の船の責任はすべて自分で取りたい。TOKIOの歌じゃないけれど、僅かなことでも誰かにオールを任せたくない。下っ端クルーに私の人生を支えてもらおうなんて全く期待してなくて、たまに掃除とか見回りとか頼むかもしれないけどよろしくね、代わりにあなたが心地よく働けるように私も頑張るからね、って感じ。これはパートナーが頼りないとかでは全くなくて、それこそ私の「筋」の問題でそうなっている。元々そういう仕様の船なのです。

現在のパートナーと付き合う前、私は彼の好意に全く気づいておらず、仲の良い友人だと思っていた。彼はめちゃくちゃ良い奴です。「おいしい」「たのしい」「うれしい」で脳みその多くが形成されているようなハッピーな人で、それでいて他人の気持ちを敏感に察知して行動できる。彼に付き合ってほしいと言われたとき、もし私が断ったら、この人すごく悲しんで泣いちゃうだろうな、こんな良い奴が泣く世界は良くないな、と思ったので付き合うことにした。この一連の流れを友人に言ったら「それほぼＣＳＲじゃん」って言われたけど。

私にとって幸いだったのは、彼は私という生き物の理解度がかなり高かったこと。私の根が人間ではなく怪物であるというところも、女として扱われたくないこともすべて感じ取っていたし、下っ端クルーとして乗船することも全く抵抗がないようだった。何より、全ての物事を考えすぎてしまう私にとって、彼の明るく朗らかな性格にはいつも助けられるし、人として尊敬を感じています。

だから今現在、私は彼に対して愛がある。大地真央《だいちまお》に「そこに愛はあるんか？」と聞かれても「あるよ」って言う。ただその愛というものが、母や猫や友人に対して持っている愛とどう違うのかは、よくわからない。船にいる皆が超超幸せでいてほしいという点で、私からしたら同質だ。

この状態でもし私が別れたいと言ったら、きっと彼は泣いちゃうから世界のためにそれはしないけど、逆にもし彼が私に別れたいと言ってきた場合、私は多分オッケー！ って言う。私の中の彼の存在が、クルーから顧客という条件に変わって、「大切な友人たち」と書かれた客席に移ってもらうだけ。本来私一人で進むものとして船が設計されているので、私はパートナーがいてもいなくても、本当はどっちでもいい気がする。「独身でパートナーもいないってなると社会からの見る目が」とかは全く気にならない。多分これも、常識のアンチゆえに。

ひらりさ《さ》さんは「パートナー」という言葉を忌避すると書いていたけど、私は逆に「彼氏」という呼び方を忌避したい気持ちがあるな。彼氏って言葉だと、自分が理解すらできていない恋というものの比重が高い気がするし、責任を負うことを避けて恋愛ごっこをしているようにも感じられる。私が彼をパートナーと呼ぶのは、お前の人生の責任を取るぞという覚悟の現れでもあるから。なんか、やっぱノリが任侠《にんきょう》モノですね……。

呪いのこと愛って言うな　ドラム式洗濯機は遊園地じゃねえよ

初谷むい『花は泡、そこにいたって会いたいよ』

ところでひらりささんには言ったことあったと思うけど、私は漫画『チェンソーマン』の主人公・デンジが性的にかなり好きです。最初は彼の容姿や振る舞いを見て可愛い子だな〜と思うくらいだったんだけど、作中でマキマという女上司が彼を従順な犬のように扱い、でも彼女に惚れているデンジは言いなりになって振り回されて……という展開を見ているうちに、私が彼にしたいことを全部やっているマキマに対して嫉妬を抑えきれなくなり、私は気づいたらマキマのことを「あの女」と呼ぶようになっていました。

それに気づいたとき、自分の性癖って大丈夫か？　とすごく不安になった。デンジを例に私の好みのタイプについて言語化すると、「明るく純粋で、プライドがあまりなく、従順な人」ということになる。パートナーに常に下っ端クルーのポジションを与えようとしていることとも関連するけど、これって「バカでエロくて従順な女が好き」とか言ってるモラハラ男性と同じなんじゃないか……と、ふと気づいてしまったのです。そうだとすれば、それは私の思う「良識」に反する。だけど、性癖って理性でつくられるものではないから、後天的に変えようと思ってもそうそう変わらない。一時期はそういう自分が気持ち悪いと思って、このことでかなり悩んでいました。

あるとき、信頼のおける友人にこのことを打ち明けたら、「二人の関係性について、相手と正しい合意が取れているのであれば別にいいんじゃないか。例えば人前で『こいつバカだからさ〜』などと相手を貶《けな》さないのであれば、モラルハラスメントには当たらないと思う」と言ってくれました。これは常識を度外視した良識に基づく、私にとって一二〇点の答えでした。今のパートナーとの関係においても、丁寧に合意を取ること、彼を貶《おとし》めることを言わないように気をつけています。

こういった自分の考えが、大衆性のあるものでないことは重々承知しているため、他の人の考えも知りたいです。ひらりささんの恋愛観はどうですか？

○ひらりさ（三月一三日）

北半球じゅうの猫の目いっせいに細められたら春のはじまり

飯田有子『林檎貫通式』

春だなって思う瞬間、ありますか？

私の場合は、「ルミ10」が始まったとき。はい、駅ビル・ルミネが季節の変わり目に行う、一〇％オフキャンペーンのことです。年四回あるけど、春先のルミ10がいちばん心躍る。今回も、仕事が終わったあと新宿に向かい、先日の下見で気になっていた、kotoha yokozawaのミントグリーン色のカットソーを購入しようとレジに向かいました。

しかし財布を開いた瞬間、判明したのです。

ルミネカード、忘れた。

恋人との京都旅行を予約サイトで決済する時に財布から出して、そのままベッドの枕元に置いたきりだった。店員さんに深くお詫びして退店しました。

しかも行けてないからね、京都。恋人が重度の結膜炎になってしまい、キャンセルしたのです。病状の連絡LINEとともに送られてきたのが、詫びではなく「キャンセル料払います」だったのが、どっと疲れた。キャンセル料の問題じゃないんだよ～、お金の話で言ったら、当初の日程にあわせたジェルネイル代、眉サロン代、ニットワンピ代もあるよ～とか、あれこれ言いたくなるのを抑え「とにかく療養に専念してください」とだけ送りました。好きな人間、しかも病人相手でも、自分の欲望が前に出てしまう己の未熟さよ。全身が重い一週間でした。

上坂さんと私は、「恋バナ」をする機会は多かったよね。恋バナを通じて仲良くなったといっても過言ではないはず。

出会ったばかりの頃、表参道にあるお蕎麦屋さんで、「男友達から告白されて、二人の友好は、相手が恋心ゆえに自分に甘くしていたからこそ成り立っていたと気づいた。それ以来、自分が男性の好意を搾取していないか不安だ」という話をしてくれたのをよく覚えています。

あの頃から上坂さんははっきりと、「恋がわからない」「女として扱われていることに気づかない」という話をしていた。そうか、上坂さんの恋バナは、「恋わからないバナ」だったんだね。

とはいえ、私も「恋」とうまく付き合えているわけではない。みんなの輪に入りたくて恋をしているつもりなのに、度が過ぎて恋に執着し、その人しか見えなくなり、えんえんと自分の恋バナをして、ドン引きされる。私の情念は基準値を外れており、手に負えない。

そのぶん、恋についてああだこうだと考えた時間は長いので、独自の見解は構築している。

たとえば、性欲と恋は別物だと思っている。

たしかに、性欲は恋の大きな因子だと思う。私の生活が恋愛でめちゃくちゃになるときというのは大抵、好きな相手と初めて性的接触を持ったあとです。情緒が羽虫の大群のようになり、四六時中、相手の内心を推測する業務に追われ、何も手につかなくなります。この、相手の気持ちを四六時中考えて、何も手につかない状態が、私にとっての恋のピークです。性欲だけだったらこんなことにはならないと思う。だって、満たされるはずじゃない？

性欲先行で、恋愛感情を芽生えさせることも可能なのだろうか？　と考え、対照実験をしてみました。留学中のことです。日本からつきまとってきた羽虫をどうにも追いやることができず、他の人を好きになりたいと思ったのです。それでもただデートしたり、メッセージをやりとりしただけでは、好きで好きでたまらないという状態にはならなかったので、もう最後までやってみたらどうだろうと試してみたのでした。

実験は二回行いましたが、失敗。執着は日本にいる相手を向いたままでした。

あ、私の場合、性欲のあとに恋がついてくることってないんだ、と腑に落ちました。じゃあ、偶発的に降ってくる新しい恋が追い払ってくれるまで、この羽虫はまだまだ私にまとわりつくんだ。

名前だけ交わして別れモーニングアフターピルを飲めば独りだ

十和田有『流刑』

がつんとした絶望を感じたけれど、不思議と清々しい気分でもあった。性欲と恋が分離できること。恋愛感情のない行為でも一定の安らぎを得られたこと。この二つが、鉛のように重いロマンティックラブの価値を軽くしたのです。新しい恋が始まったわけではないのに、脳内の羽音も心なしか小さくなった。

では性欲を引いて残るものとは何なのか。私を苦しめて、上坂さんの脳内には訪れない、羽虫の大群とはなんなのか。

それは、承認欲求だと思う。もう少し嚙み砕くと、他人から欲望されることを通じて、自己を形成したいという欲求です。

「無償の愛」という言葉がある。

誰かを愛しているときに、愛し返してほしいと思う愛よりも、見返りを求めない愛のほうが、より価値が高いとされている。愛し返すことを前提に子供を育てる親はいない。愛は一方通行。自己で完結することが尊ばれる、究極の自己啓発なのだ。上坂さんの、パートナーさんへの気持ちも、愛だなあとしっくりきた。

一方で「無償の恋」という言葉は存在しないよね。片思いとは、イコール無償の恋ではない。誰かに恋しているときには、その誰かから自分を恋われたい気持ちがついて回っても、特に卑しいことではない。どんな人がタイプかというよくある恋バナは、どういう人間に欲望したいかであると同時に、どういう人間に自分が欲望されたいかの会話でもある。恋は相互コミュニケーションの要求であり、欲望して欲しいというリクエストだ。この、欲望したさ／欲望されたさを因数分解すると、性欲の後ろに承認欲求がかくれている、というのが私の考えです。「恋をする」とは、アイデンティティの確立行為。特に、自分が安らげるジェンダー／セックスのあり方を模索するための、表現活動だと思っています。

上坂さんは、他人を通じてアイデンティティを形成したくないし、ジェンダー／セックスを経由して自己を確立なんて絶対にしたくない人に思える。現代で常識として定着している恋愛の型を理解できないのは、当然の道理だね。

さて、私がどんな人に恋愛感情を抱くかといえば……マイペースな人、顔が好みの人、言葉遣いが丁寧な人、文章がうまい人、本をよく読む人、横顔の鼻筋が通っている人、身長は一七〇センチ以上、オタク……。細かい好みは無限にあるけれど、一番大事なのは「私を最初から〝女体〟として見ており、それゆえに、私が気兼ねなく女性性ロールプレイをできる人」だ。

上坂さんには話したことある気がするけど、友達から恋人になるのが、かなり無理。恋愛というジャンルに身を投じた当初は、男友達と付き合うことが何度かありましたが、必ず途中でどうにも嫌になって、雑な態度で遠ざけるようになり破局しました。私が友人の前で見せているのは「女」ではなく「人間」の私なのに、恋人になった途端「女」の魅力に変換されると、自分が矮小な存在に押し込められてしまった気がして、すごく嫌になる。

男友達の片思いに対して、上坂さんは自分の搾取を気にしていたね。私は同じシチュエーションに対して、勝手に女の枠に押し込めてくる暴力性に腹を立て、かなり辛辣な態度をとってしまいます。最初から女扱いであることが明らかな形で近づいてきた人のほうが、納得できる。私が大切にしている筋ですね。

でも、上坂さんのように二四時間三六五日「人間」でいたいかというとそうではない。

「女」ロールプレイを心置きなく楽しみたい欲求もある。恋人は、この「女」ロールプレイを気兼ねなくできる相手がよい。相手のほうが恋愛上手だと「あーこれ、単に私のロールプレイに付き合ってくれているだけだな」と恥ずかしくなってしまうので、恋愛経験が豊富な人も、あまり恋愛相手にしたくない。「負けてる」と思うと、悔しくて恋心を抱けない。めんどくさいね。今の恋人とは、恋愛偏差値のバランスが取れていて、ちょうどいいロールプレイができている気がする。

恋人は正直、これまで好きになった人々とまったくタイプが異なる人間なので、最初会った時は付き合うことになると思っていなかった。恋に落ちたのは、二度目のデートのときだ。私が誘ったシーシャバーで三時間くらい話したあとに彼が「今日オチのない話ばっかかしてごめん……」と謝ってきたとき、脳からつまさきまで、電撃がびりびりと走りぬけた。

オチのある話しようと頑張ってたの、かわいすぎません？　そんなことでは謝るくせに、LINEの返信間隔があまりにも長いという指摘には「そうかな？　友達にも聞いてみる」としれっと返してきて意外と自分のスタンスを曲げないので、「こいつ……」と思いながら付き合っている。ここで素直に私の意向に合わせてくる相手よりも、こういう、一筋縄では行かないところを持っている人間に好奇心がわき、結果的に関心を持続させることが多い。

もしかしたら、「こいつ……」という感情は、セックス／ジェンダーにまつわるわかりやすい承認欲求を引いた後に残る、私にとっての恋の髄かもしれない。まあ、「フッ、おもしれー女」みたいなやつとも言う。

上坂さんは愛を船にたとえたね。恋愛のことを考えるとき、私の頭には舞台のイメージが浮かぶ。だって、恋愛はロールプレイングゲームだから。舞台の進行に関わる責任はお互いにまっとうすべきだと思うけれど、舞台以外の部分はそれぞれの領域、というのが今の自分の感覚かもしれない。何か向かう先を共にする、という感覚が、私の恋や愛の中には入ってこない。向かう先が違う個が、瞬間的に身を寄せる場所のようなとらえ方。私はいつでも恋人との将来について空想している。求められるのであれば責任を果たす用意はいつでもあるけれど、そうではないのに舞台以外の部分を詮索するのは、押し付けや、侵害になってしまう。

むずかしくさびしい権力になりたいそしてあなたに行使されたい

榊原紘『悪友』

さっき、上坂さんを、「見返りを求めていない」「他人を通じてアイデンティティを形成したくない」人だと書いた。でもこうやって書きながら、上坂さんは上坂さんで、自分のアイデンティティを後押ししてくれる他人は必要としているんだよな、と思い直した。

上坂さんの船は一人でも漕げるけれど、大きな船だから、ぽつんと一人でいるのは寂しいわけだよね。自分の船に乗ってくれ、上坂さんに気兼ねなくオールを委ねてくれ、他の乗客の存在にもおおらかなパートナーがいるからこそ、上坂さんの船は速度をあげられるのだ。上坂さんは、パートナーが別れたい、と言ったら快く送り出すと言っていたけれど、その理由が上坂さんのものより大きい船に乗ることだったら、それはショック受けるんじゃないかなあ。『チェンソーマン』のマキマさんの船とかね。

私は上坂さんと違って、マキマさんを羨ましいと感じたことはなく、デンジが性的にタイプでもありません。翻弄される恋愛が好きなので、これまでは、己の「モラハラ」に悩むことはありませんでした（むしろモラハラされる側？）。そもそも男女だと、男が船のオールを持ち、女がそこに乗船せよという社会規範が強いしね。

でも、上坂さんには伝えているけど今の恋人がかなりの歳下であることで、自分がコントロールできてしまうこと自体への怖さは感じています。私が望むほうへと誘導できてしまう経験値や経済力がある。デートの行き先を決めるたび、私が出すからと旅行で高い宿を予約するたび、自分の思う普通はこうだと巧みな言葉で説得するたび。相手が自分から考える気力や、自分に見合った生活をする努力を行う機会や、相手にとっての普通が犠牲になってないか、それなりに不安です。同意をとるにしても、無意識に、私に有利な情報提示の仕方ができてしまうし、構造的に勾配ができてしまう。この勾配が、結果的に彼に従順であることを促さないかは、常に悩みです。

「丁寧に同意をとる」とき、上坂さんが心がけていることはありますか？　また過去の恋愛と今の恋愛では、どのように船のオールの持ち方が異なるのか、が気になりました。

さて。今度こそ京都に行ってきます。

●上坂（三月二五日）

春の訪れを、いつも猫たちの大量の抜け毛にまみれながら感じています。今年ももうすぐ、換毛期ってやつが来ます。

三寒四温って、「寒い日が三日続いた後に暖かい日が四日続く」という状態を表す言葉だったんですね。三二年生きて今の今まで、寒い期間が三回、暖かい期間が四回来て、それを乗り越えると春が来るっていう意味だと思っていた。毎年、「寒いのもう五回目なんだが？三回って言ったくせに」とかぶつくさ言いながら春の訪れを待ってたんだけど、最初から私が間違っていたらしい。

幼少期にも、「ずる休み」っていう言葉を聞くと鶴のイメージが頭に浮かび、「まぐれ」という言葉を聞くとマグロの切り身を連想していた。こんなに言葉が似ているんだから因果関係がないはずがない！と思っていたけど実際はなかった。去年やった歌会で、「運河」という言葉を詠み込んだ短歌があった。その歌を読んだとき、星がたくさんちりばめられた広い広い夜空を想像した。その歌について参加者が評を述べていったのだけど、誰も空や星のことを言わず、川の話ばかりするので何か変だなと思って、こっそりスマホで「運河」をググったとき、思わず「あっ」と声が出た。私は「運河」のことを夜空を表す言葉だと思い込んでいたが、実際は船を運ぶために造られた人工水路のことであった。多分「銀河」とイメージが混ざっている。実際の意味を知った後も、川なのか海なのか空なのかわからないところに、星なのか魚なのかわからないものがきらめいている画が脳内を支配してしまって、元の短歌を味わうところまでたどり着くのに大分時間がかかった。

言葉に限らず、私はあらゆる思い込みがとても強く、「世界はどうしてこうじゃないんだろう、絶対にこっちの方がいいのに」と、むしろ現実世界の方に疑問すら抱きながら生きてきました。


以前の話題で、私は宇宙人や怪物の類いで、ひらりささんはアンドロイドみたいだと言ったね。宇宙人とアンドロイドの違いが何かというと、アンドロイドはできるだけ人間に近づくことで社会に馴染もうとしているけど、宇宙人はそうではない。むしろ自分にあわせて人間界のルールを作り変えようとする。だからひらりささんは「みんなの輪に入りたくて恋をする」けど、私は「恋ってよくわかんない、本当は性欲の言い換えなんじゃないの？」という立場を取るわけだ。

恋というものには承認欲求が含まれており、皆、他人を通じてアイデンティティを形成しようとしているとひらりささんは言った。

私にも承認欲求みたいなものはあるし、アイデンティティを確立したい、それを周囲に認められたいという気持ちはある。ひらりささんの説が真だとするならば、皆はそれを何故恋愛だけで満たそうとするのかが、やっぱりわからない。私は、恋愛相手だけでなく、友人にも家族にも同僚にも道端でたまたま会った人にも、私のアイデンティティを認めてほしいと思う。それが人間界では逸脱した行為だとしても、私を認めない世界の方がおかしいという気持ちがある。それはやっぱり私が宇宙人だからなのかもしれない。

お好み焼きの大きい方をくれたこと地球ではこれを愛とか言うよ

上坂あゆ美『老人ホームで死ぬほどモテたい』

私の船よりもっと大きい船に乗るためにパートナーに別れを告げられたら、私はショック受けるのかなあ。真剣に想像してみたけど、あんまり何も思わなそうだ。それは私にとって恋愛と友愛が元々かなり近く、相手の希望に合わせて「付き合う」という形態を選択していることもあり、パートナーから友人というラベルに変更されたところで私の心理状態はあまり変わらない。でも、「もう耐えられないので一生会いたくない」とか言われたら、それはそれは大きなショックを受けるだろう。自分が素敵だと思っている人とは長期的にかかわっていきたいから、人として拒絶されるのはかなり辛いと思う。パートナーが次に付き合った人が超でかい船を持った面白い人だった場合、ショックよりむしろ、すごくワクワクする。その人ともぜひ友達になりたい。

美しい魂を持っている人が存在しているという事実の前で、恋愛か友情かというラベリングなんか、私は結構どうでもいいと思ってしまうんだけど、この感覚もおそらく一般的じゃないんだよね。以前、私が振ってお別れした男性に、次に付き合おうとした男性を紹介して、皆で仲良くできたらいいなと思ったことがあったけど、双方から本気で嫌がられたことがあった。多くの人にとって友人であるか恋人であるかというのは大きな違いで、別れた後も友好関係を続けることに嫌悪感を覚える人もいるということは、そのときに知りました。

詩と愛と光と風と暴力ときょうごめん行けないんだの世界

柳本々々『きょうごめん行けないんだ』

お気づきかと思いますが、丁寧な合意の取り方など、私も全然上手くないです。ド直球を投げた後に「あ、全然どっちでもいいんだけど、率直に答えて!」と取って付けたようなフォローを入れたりするけど、こんなことで勾配が解消されるわけないよね。私からひらりさんに言えることなんてなさそうだけど、自分だったらどうするか考えてみる。……うーん、例えば、「あなたに私の普通を押し付けたくない」という意志を提示するだけでも違うんじゃないかな。ひらりさんが書いてくれた不均衡への不安、そのまま相手に伝えてみてはどうだろう？　もし不均衡を感じたらすぐに私に伝えてほしい、ということも併せて。別にこれが正しいとは思わないけど、私のコミュニケーションは基本「皆まで言う」ことで成り立っていて、その部分においてはパートナーには信頼と安心を持ってもらえている気がする。私が言わないってことは大丈夫なんだ、みたいな。人間関係における疲れって、言外の感情を勝手に推察することによる行き違いがほとんどだと思わない？　私は他者の感情を察する能力が人一倍低いので出来ないということもあるし、能力がある人でもそれを続けるのはとても疲れると思う。ひらりささんの場合はたまたま年齢差があるけれど、結局人間って性別が同じでも年齢が近くても全く違う個体なわけだから、一人ひとりとタイマン張って、傷ついて傷つけられて、反省し合っていくことでしか他者と関われない。不均衡かどうかを気にしすぎると、それもそれで相手を対等に見ていない振る舞いにもなりかねないので、ある程度はもう相手を一人の意思ある大人として信頼し、代わりに相手が思ったことや不平不満を全部言えるよう、心理的安全性を保つというアプローチを、私だったら取るかもしれない。

恋愛＝ロールプレイングゲームであるとして、だからこそ最初から「男」と「女」として出会った人じゃないと上手くいかないというひらりささんの説、新鮮に驚きました。私は逆に「女」であること以外の人間性も評価してくれている人じゃないと、関係を続けるのが難しいと感じていたから。

でもひらりささんは、その割に恋人との将来を考えたり、求められるなら責任を果たしたいと思っているんだよね。それって、仮に恋人が将来的に結婚や子どもなどを求めてきた場合、恋愛はあくまでロールプレイングゲームであるという「筋」は崩れるわけだけど、それについてはどう思うのかな。私からすると、「恋愛はロールプレイングゲームなので絶対に結婚などしない、あくまで娯楽として一生楽しみ続ける」か、「結婚や出産をしてもいいと思っているので、恋人に対してそういう対話も自らしていく」という、いずれかの姿勢のほうが、筋は通っていると感じるんだけど、どうですか。筋ガチ勢ですみません。子どもや家族を持つことについての考えも併せて聞けると嬉しいです。

○ひらりさ（四月二日）

桜、咲き始めたね。
ピクニック好きのパートナーさんと、お花見しましたか？

新年度の初日。会議も少ないし手元の業務を片付けるぞ！　と意気込んでいたのに、チームに急な体調不良が相次ぎ、そのカバーに回った。こういうときに限ってトラブルも起きる。しかも終業後に予約していた映画の始まる直前に事態が判明。眉間にしわを寄せてスマホを睨み、ロビーと座席を行ったり来たり。電源をきちんと切れたのは、本編が一五分ほど過ぎてからだった。いっしょの回のお客さん、本当にごめんなさい。

帰り道に通った花屋の店先は、ビタミンカラーの薔薇、チューリップ、ガーベラであふれていた。そういえば、昨年までは花を買うのが趣味で、それで春を感じていたのだ。部屋に季節を呼び込むのが心身のチューニングに役立っていた。そこに猫がやってきて、食べられてしまうから、花を買うのを諦めた。今年の私は、かたわらに寝そべる毛玉を思い切り撫でまわして、精神の安寧を得る。何かを手に入れたとき、人は裏側で何かを手放していて、でも、手放したもののことはいつのまにか忘れてしまうのだろう。

コンパクト・ブローチ・ステッキ　真心を何に注いでもつらかったこと

関寧花「現代短歌」二〇二四年五月号

上坂さんが「運河」の意味を知ってしまったのは、なんだか残念だ。とはいえ上坂さんなら、実際の意味を知ったあとも、きらきらした天の川みたいな運河のイメージを脳内に保存し続けられるだろう。ずる休みの鶴も、まぐれのマグロも、まだいるみたいだし。

ふと、「恋」という漢字の由来を調べてみた。上の方がぴょろぴょろしているので「千々に乱れている心」を表しているのかなと思っていたが、上半分は「簡単にほどけない、もつれた糸」を表し、そこに心がつくことで「断ち切れない心」を表現しているらしい。

ついでに「愛」も調べたのだけど、こちらは心の他、「旡《キ》」「夊《スイ》」の部首からなる。旡は「胸がいっぱいになって後ろにのけぞる姿」、夊は「足を引きずって歩く姿」を表しているそうな。

恋も愛も、主体の心から発しているものだけれど、恋のほうが行為の主体に重きがあって、愛のほうは主体の身体に力を及ぼす対象の存在が大きく感じられる言葉なんだなと思った。

私の「人はアイデンティティのために恋愛する説」に対して、上坂さんは「何故、恋愛だけで満たそうとするのか」と問うた。人は仕事でも、その日観た映画や買う花でも、アイデンティティを満たそうとしていると思うよ。ただ、この社会では——特に女性にとっては、性愛的に評価されることの価値が高いよね。恋愛の延長にあるとされる、結婚、子供、家族を担う性とされてきたから。この辺りも含めて恋愛の成果物とされるので、「恋愛でアイデンティティを満たそうとする勢」が多く見えるのでしょう。

私が「みんなの輪に入りたくて恋をする」と書いたときも、恋愛そのものだけではなく、結婚、子供、家族という「その先」のことも想定していました。でも私自身は、少女漫画育ちの弊害ゆえに「運命的な恋愛」に重きを置いているから、結婚や出産に向いた相手に恋することができず、今に至ります。実際は「恋愛だけ」を楽しんでいる人は少ないのにね。この歳になってガチに「その先に繋がらない恋愛」でアイデンティティを追求していると、ドン引きされるわけです。


「友人にも家族にも同僚にも道端でたまたま会った人にも、私のアイデンティティを認めてほしい」

これは本当に、宇宙人みたいだなと思いました。しかも、地球に初めて降り立った最初の宇宙人。アイデンティティって個別に認めてもらったり理解させたりすることに時間も労力もかかるじゃない？　典型的なパターンのアイデンティティじゃないならなおさらだよね。「世界に一つだけの花」なんて歌が流行ったけれど、この私の私らしさを理解してもらうコストを万人に求めるのはみんな無理ゲーと諦めている。だから「わかってくれる一人」への幻想を、恋愛に託す人も多いだろう。

上坂さんはよくも悪くも「美しい魂」を持つ特定多数者に対して平等で、「わかってくれる一人」同士として存在しあいたい派閥の人からすると、不安になるだろうなあと思います。生き方の違いだから仕方ない。

元交際相手を現交際相手に紹介しようとして嫌がられた話、あまりにも上坂さんすぎる！「上坂さんが他の人の恋人である状態を是認するのが耐えがたい」「自分が上坂さんの恋人ではない状態に直面するのが耐えがたい」という話のほかに、「上坂さんが恋人にだけ見せている顔があったと思っていたけど、実はそんなものはなかったんだ」みたいなショックもあり得るのかなと妄想しました。

私は、自分のことをかつては好きだったけれど今はそうではなさそうな人が一番会いたくない！　会いたくないけど、会ってみないと本当に「そうではない」かわからないから、会ってはガーンってショック受けたり、それでも私を認めさせたくて会い続けてしまったりしていたけど！　私も恋愛として冷めているし相手も恋愛として冷めているという相手には二度と会いたくないですね。人間的に嫌いじゃなくてもです。「どうでもいい」のが最悪。

さて、もうどうでもいい人の話はやめて、現在好きな人の話に戻りましょう。

「恋人が将来的に結婚や子どもなどを求めてきた場合、恋愛はあくまでロールプレイングゲームであるという『筋』は崩れるわけだけど、それについてはどう思うのかな」

聞かれて気づいたのだけど、まず私は「恋人が将来的に結婚や子どもなどを求めてきた場合」というのをほぼ想定していない。これまで私は、「結婚や子供を求めてこなさそうな人」を選択的に好きになってきたからです。

反出生主義を公言してる人とか、自分の遺伝子を絶対に残したくないと公言してる人とか、親のこと本当に嫌いだろうなって人とか。逆に言うと私とのあたたかな家庭を頭に思い浮かべてそうな人は、告白されても交際しても、途中で嫌になっていました。恋人は反出生主義でも自己否定者でもありませんが、年齢や社会的立場により向こう数年はそうした選択をしないことがほぼ確定しています。これまで人との正式な交際関係が最長四か月しか継続したことのない私にとっては、数年という時間軸は「来世」に近く、現時点では考慮していません。


でも、この四月で、実は私と恋人は交際一周年を迎えました。一年付き合えてしまうと来世みたいなことも言っていられないですね。

ただ、この場合も、別に私の筋は崩れないかな。「結婚や子供を求めてくると、その恋愛はロールプレイングではなくなる」というのは私の世界把握と異なります。というのも、私は恋愛だけではなくて、友達も家族も会社も、すべての人間関係はロールプレイングゲームだと思っているからです。

どれも、関係性が想定しているそれぞれの目的や活動に応じて、そのフィールドにおけるアイデンティティを作り上げていく営み。平野啓一郎《ひらのけいいちろう》さんの提唱している分人主義と考え方は近いかもしれません。ひとつが本当で残りが仮面なのではなくて、すべてが自分のアイデンティティなのだけど、場面ごとに出力を強めるパラメータが違う。ゲーム『ファイナル・ファンタジー』でいう「ジョブ」の違う自分なのかも。自分の中で、恋愛ゲーム／友達ゲーム／家族ゲーム／会社ゲームは、使っているジョブが異なるのです。友達ゲームのプレイ中に知り合った人と恋愛をやろうとすると、「このジョブの自分でプレイするの、気持ち悪いな」となる。データを引き継ぐことが難しい。友達↓恋愛は不可能に近い。

デミロマンティック・デミセクシュアルという概念があります。「深い友愛を感じている相手にだけ恋愛感情や性欲をいだく」という性的指向です。自分のことは「逆デミセクシュアル」と表現するとしっくりきます。深い友愛を感じた相手には性欲を抱くのが難しいのです。夫婦間でセックスレスが生じるのに近いのかな？　とはいえ、恋愛↓それ以外が制約されている感覚はないです。恋愛していたころの自分たちをおざなりにされるのでなければ。

なので、恋人が仮に結婚や子供を求めてきた場合には、別のゲームの提案をされたということになるんじゃないかな。友達ゲームのつもりなのに相手にとっては恋愛ゲームだったことがわかるとか、恋愛ゲームのつもりなのに最初から家族ロールを求められるとかが居心地悪いのであって、「恋愛」ゲームをまっとうしたあとに家族ゲームを提案されたときにどう思うかは……まだ経験したことがないのでわからない！

でも、今の恋人とならどうにかなると思いたい。そして彼と長期的に試行錯誤しているうちに、自分の、恋愛を通じてアイデンティティを確立したい／かきみだされたいという欲求も、おさまってほしい。一生恋愛ガチ勢やるぜ！　と言えるほうが潔いけど。

いま、「／かきみだされたい」の部分を衝動的に書き足してしまった。私が恋愛を通じて欲望していることって、本当は「アイデンティティを確立したい」ではなく「かきみだされたい」なのか。怖。だから上坂さんとこんな交換ノートやってるんだろうな！

さらに気づいた。私は、この「かきみだされ」のために、「はっきり言わないであれこれ推測してやきもきする」が癖になっている！　少女漫画やボーイズラブ漫画を貪り読んで「両片思い」に萌えていると、こんな大人になってしまう。えらそうに「結婚や出産を求めてこなそう」「今の恋人とならどうにかなる」とか書いたけど、全部、当て推量です。でもほら、「結婚や出産についてどう思う?」と口にすること自体が相手に何かを押し付けてしまう気もするし……って言い訳ですね。押し付けにならないよう配慮しながら、ちょっとずつ考えを開示しあってみたいと思います。

それにしても。現状を掘り下げてみると、今の恋人と一年続いているのって、相手が本当に素直で裏表がない人だから、なんだよね。アイデンティティの駆け引きよりも「安心できる」ことに価値を感じる恋人は、今回が初めてかもしれません。そう考えると、今二人がプレイしているのは、もう「恋愛」のゲームではないのかもしれない。

でもどうかなあ……。結婚する可能性あるかなあ。「みんながしているから自分もして、話題を合わせたくなってしまう」という欲望で、結婚や出産をしたいと思ったことがないのは本心です。正直、同性婚や夫婦別姓が許されていない状況で結婚制度を使うことは、自分にとっては筋が通らない感覚はあります。

ひび割れたiPhone8で方舟の乗船予約をキャンセルする日

十和田有

上坂さんはいつか結婚や出産をしたい気持ちはあるのでしょうか？　それとも、「女性」扱いを受けやすい選択となるので、積極的に、結婚や出産をせずにいこうと決意していますか？

春のうちに、上坂さんと歌会やりたいなあ。前に一緒にやったメンバーに声かけてみるね。

生と死

●上坂（四月二〇日）

春ですね。

外が暖かくて、この頃は晴れの日も多くてうれしい。お花見は今年も何回もしました。

桜の美しさを認識したのは、二〇代後半になってからだった気がする。桜っていうかすべての花、他にも夜景や海や山や花火など、世の中で美しい景色とされているもの全般、「皆は美しいっていうけど、それほどか……？」と思っていた。当時の私からすると桜なんてただの白っぽい花の集合で、それが咲いたり散ったりしたからといって何の役に立つんだ、桜が見たければGoogleで検索すればいくらでも出てくるのに、と本気で考えていた。まさかこんな感性の人間がよりによって短歌をやり始めるなんて、人生ってわからないものですね。

県立の入学式に満開の県民税で育った桜

鈴木ジェロニモ『晴れていたら絶景』

一〇代の頃は家庭や学校での上手くいかなさによって感情を封じていたのかもしれないし、常識を疑いまくる性質がこんなところでも強く発揮されていただけかもしれない。以前も書いたように、仕事やプライベートでのさまざまな学びを経て二五歳ごろでようやく人間になりかけてきた私は、この頃に友達を大切にするということを初めて覚えた。友人らが桜を見てわあっと声を上げたり、花火を見て喜んだりしているときは、「綺麗だね〜！」「そ……う、だね！」みたいな感じで対応した。目の前の友達に笑顔でいてほしいという気持ちと、まあ綺麗と言えば綺麗だしね、というところで気持ちの落とし所を見つけるようになった。

そうやって過ごしていたある年の春。

勤めていた会社で同窓会のようなものがあり、一次会が終わった後、近くの公園に皆でゾロゾロと移動した。ちょうど桜が満開で、やんわりと風もあったからそこかしこで桜が舞っている。会社で毎日顔を合わせる人も、既に転職して久しぶりに会う人も、日本人もカナダ人もイギリス人も中国人もクロアチア人もいて、皆が桜吹雪にまみれている。それは紛れもなく美しい景色だった。美しすぎて、人生のエンドロールを見ているようで少し怖くもなった。

桜舞う森でピースで立ったまま散るな笑うな　最終回かよ

上坂あゆ美『老人ホームで死ぬほどモテたい』

人は食べ物を食べるとき、視覚だけでなく匂いや温度や食感によって、過去に同じものを食べて美味しかった記憶を再現しているという。多分桜や花火も同じで、過去にそれを見て楽しかった・嬉しかったときの記憶を思い出し、単体の美しさにバフをかけているのかも。記憶を再現するには匂いや温度や湿度や手触りが必要だから、Google 検索の画像ではだめなのだ。そうして人々は「桜前線」という概念を開発してまで、桜を実際に見ることを心待ちにしている。

こうして桜の美しさを理解してからは、春は隙あらばお花見をするようになりました。自分の中できちんと納得できた「常識」のことは、結構好きです。

すべての人間関係がロールプレイングゲームなので、友達→恋愛にデータを引き継ぎたくないというひらりささんの意見、共感はできないけど理解はできました。

というのも数年前、平野啓一郎さんの提唱した「分人主義」についての本を読んだとき、私は自分のなかに分人が無さすぎることに初めて気づいたんだよね。同時に、私と違って多くの人にはたくさんの分人があるのだということも。友人といても恋人といても家族といても、私は振る舞いが全然変わらない。今、週一で働いているスナックにも、かつての同僚・友人・本の読者・ラジオのリスナー・かつてマッチングアプリで会った人など様々な人が来るけれど、ジョブの切り替えで困ったことは特にない。そういえば私は筆名を使わず本名で短歌もエッセイもやっているし、ゲームをプレイする時も大体は「うえさか」か「あゆみ」でやっている。分人がたくさんあるひらりさんは、ゲームごとで名前を変えたりもするのでしょうか。

「(他者に) かきみだされたい」欲って、本当に難儀なものだね。ひらりさんの「悩んでいる状態が好き」という性質の根本はここから来ている気がする。最近、ひらりさんは恋愛だけでは飽き足らず、心をかきみだされるために家まで買おうとしているから、そこまでいくと筋通っていると思う。あんた、すげえよ。

その欲が少女漫画やＢＬ漫画の「両片思い萌え」から来ているという説は新鮮で面白かった。でもファム・ファタール的な存在に人生をめちゃくちゃにされる (だがそれが良い) ……みたいな話って、文学においても古からある一大ジャンルじゃないですか。だから性別問わずかきみだされたい人って一定数いるんだろうね。「(かきみだされたいという欲があるから) 上坂さんとこんな交換ノートやってるんだろうな」と言ってくれたけど、確かにこれまで私に好意を寄せてきた人って、かきみだされ欲を持っている人が多かった気がする。私はそういう人から好意を向けられると、嗜虐性が加速して無茶苦茶なことになる。Win-Winと言えばそうなのかもしれないけど、最近は嗜虐性を発揮する自分をあまり見たくない気持ちの方が強くて、そのあたりすごく気をつけています。

「いつか結婚や出産をしたい気持ちはあるのでしょうか?」と聞いてくれたことについて。積極的にしたいと思ったことは一度もない。むしろ若い頃は「絶対にしたくない」という気持ちだったのが徐々に和らいできて、最近やっと「まあ別にそっちの方が良いことあるならやってもいいけど」くらいになった。元々結婚・出産をしたくなかった理由は、一〇代の頃は生きるのがとにかく辛く、いつ死んでもいいようにしたかったから。そして、「女であることもこの地域のこの家族に生まれることも、っていうか生まれること自体望んでないのに、なんで生まれさせられたんだろう」ということをずっと考えてきたので、わざわざ子を産み同じ苦しみを与える理由がわからなかった。

でも実は、今のパートナーとうっかり結婚しかけたことがある。

あれは私が三〇歳の一〇月初旬。ふと目に入った記事を読んだら、内田裕也《うちだゆうや》が樹木希林に結婚一周年記念に送った手紙が紹介されていた。二人だけの関係性と確かな愛が伝わるその内容ももちろん素晴らしかったのだけど、私の興味は別の部分に向いた。内田裕也が送った手紙の文末には「一九七四年一〇月一九日」とあった。この日が二人の結婚一周年の日だとすれば、樹木希林の生年は一九四三年だから、二人は樹木希林が三〇歳の一〇月一九日に結婚したということになる。これに気づいた瞬間、私はちょうど同じ部屋にいたパートナーに、「ねえ、結婚しない?」と口走っていた。彼は戸惑いながらも、「え、なんで? いいけど……」と答えた。いいんだ。

おおかた予想は付くだろうけど、私は「樹木希林が不動産があった方が良いと言っていたから」というだけの理由で自宅マンションを購入した人間なので、どうせなら結婚も樹木希林の人生になぞらえたいと思ったのだ。結婚に対して全く魅力を感じていないため、たまたまヘテロセクシャルに生まれたし、こんな機会でもなければ一生しなそうだし、樹木希林は人生で二回も結婚してるし、私もまあ一回くらいはしてみっか、みたいなノリで。こういった理由をパートナーに告げたら、「いいね、結婚しよう」と即決だった。さすが私みたいな女を選ぶだけあって、話が早くて助かる。

一〇月一九日に婚姻届を出すために色々と調べたのだけど、結論からいうと結婚しなかった。一番大きな理由は、この国で選択的夫婦別姓が認められていないから。私もパートナーも自分の名字に強いアイデンティティがあって、お互いに名前が変わるのを受け入れられなかった。じゃあ事実婚にしようかと話したんだけど、そのとき彼は埼玉県で地域密着型の仕事を生業としていて、東京に家を持っている私と同居することは不可能だった。別居でかつ事実婚って、現状とあまりに何も変わらない。周囲を混乱させるだけのような気がするし、もはや樹木希林の人生をなぞりたいという当初の目的を果たしていることにならなそうな気がするし、あと事実婚って税金の控除適用されないし。そういうわけで、思いつきでしようとした結婚は取りやめになりました。

法人化したほうが税金お得だし、みたいな感じで結婚する人

上坂あゆ美『老人ホームで死ぬほどモテたい』

私にとって結婚って本当にそのくらいのもの。したほうが税金が得になるとか、面白い経験ができるとかいう理由があるならしてもいいけど、しなくてもいい。日本がこのまま選択的夫婦別姓を認めないのであれば、パートナーか私が難病にでもかかったら、病室に入る権利を得るためだけに事実婚をすると思う。

一方で出産はとても難しい。生きてさえいれば何歳でも紙切れ一枚でできる結婚と違って、様々な準備と覚悟が必要になる。人生でやったことがない体験をするのがとても好きだから、

スカイダイビングを予約して群馬の山奥に行ったり、姉に連れられてホストクラブに行ったりもした。同じ理屈で、妊娠・出産・育児という未体験トピックへの好奇心は大いにある。それでも、当然ながら出産は「やってみたいな」程度で手は出せない。大好きな煙草をやめなくてはいけないし、自分の時間が減り行動が大きく制限されるし、ただでさえ慢性的に体調が悪いのに悪阻や睡眠不足を味わいたくない。以前見かけた海外の研究によると、初産婦の陣痛の痛みって手指の切断に匹敵するんだって。なにそれ……!? ギャンブルで多額の借金を背負ったわけでもないのに、子どもを産むだけで多くの女性はカイジが受けたような痛みを受けるんですか? 何故? 創造主、設計ミスってない? 本当に意味がわからないです。

私がこの世で一番恐ろしいものは、「認知症」と「ホルモンバランスの変化」です。今まで大抵の苦しみは己の思考と行動で打開してきたという自負があるのだけど、この二つの前ではそれらが役に立たなくなるから。

この国の政治動向はつくづくがっかりすることばかりで、こんなクソみたいな世界に生まれたらかわいそうだという気持ちもあり、今現在は子どもが欲しいと全く思っていない、が、未来の私がそうかはわからない。ホルモンバランスの変化とやらで、ある日急に子どもが欲しくて欲しくてたまらなくなるのかもしれない。今すでに三二だし、急に子どもが欲しくなったときもう五〇代だったら、どうしよう。

認知症に対してはいくつか対策もしている。仕事を辞めた後も頭を使い続けたり人と会話したりするのがいいと聞いて、今のうちから麻雀のやり方も覚えたし、老後になっても仲良くできそうな友人もいる。だけどホルモンバランスの変化、お前だけはどうしようもない。樹木希林を目指しているくらいなので老いることは嫌ではないが、自分の理性が通用しなくなるのが、ただひたすらに怖いのです。どうか私が私であるままで、老いて死ねたらいいのですが。

ひらりささんは、老いに対して、どのように考えますか？

●ひらりさ（五月七日）

ゴールデンウィーク最終日です。上坂さんはゆっくり休めましたか？　といってもフリーランスだから、休祝日はそんなに関係ないか。

兼業文筆家である私にとっては兼業に精を出せるボーナスタイム……のはずだったのですが、全く筆（?）が進みませんでした。本業ではアプリの運用ディレクターをしているのですが、うっかり連休前に仕込んで連休中にユーザーに解禁される施策を担当してしまったため、うすーく会社の slack を見てしまい、ちょこちょこ不具合対応まで行ってしまい……。一緒に対応した上司との絆は深まったけど。深まったのだろうか？　そんなわけで、ゴールデンウィーク最終日にどうにかこうにか気力を振り絞り、私用パソコンの前に向かっております。

しかし、ディスプレイの前に座っても、何も思いつかない。四月、風のように去ってしまった。

あ、上坂さんがスナックに来てくれたのは覚えている！　てんてこまいの私を手伝ってくれて、本当にありがとうございました。上坂さんのスナックにいつか遊びに行きたいな〜と思っていたのに、まさか、自分が同じスペースの間借りママとして登板することになり、そこに上坂さんが遊びに来てくれるのが先になるとは。酒を飲むのが好きなくせに自分でシェイカーを振ったことが一度もなかったので、上坂さんがいてくれなければ大変なことになっていました。恩に着ます。

友人に誘われてノリで開催することになった一晩スナック。誰も来てくれなかったらどうしようと思って、ダイレクトマーケティングＬＩＮＥに勤しんだ結果、想像以上にお客さんが来てしまい、お店は一時パンク状態に。一〇年前に仲良かったけど今は没交渉のフォロワーさんが来てくれたのが一番驚いた。つい調子に乗って絡み、たくさんお酒をおごってもらった。

本読んでます、ファンですという方がたくさん来てくださったのも驚いた。ここ最近、会社の仕事に追われすぎ、そこで疲れた「自分」のために時間とお金とＳＮＳを使っていて、「誰か」に向けて何かを発信できているか不安だったから。上坂さんは前回のノートで、「人生のエンドロール」みたいに思えたお花見のことを書いてくれたけど、私の人生のエンドロールを作るなら、この間のスナックの夜の光景をぜひ入れたいと思った。

しかし、まだ人生は続く。買ってしまいました、中古マンションを。

年明けから、マンション購入に関する全ての思考を、暴走列車のようにInstagram ストーリーズに垂れ流しており、お騒がせしました。

あらゆる人から「なんだかんだ言って買わなそう」と言われていたので、するすると決まったのが自分でも奇妙な気分。いや、申し込みまではするする行ったけど、申し込んだあとの情緒不安定がすさまじかったのだった。

四月の頭にとある物件に申し込みを入れて、契約したのが下旬。契約までの間はキャンセルが可能なため、途中で自分の判断を後悔し出して、「この物件じゃなかったかも」「この金額じゃなかったかも」「今買わなくてもいいのかも」など、〝かも〟の大群に襲われて、申し込んだ物件の粗探しをしまくっていた。そのせいで、四月の記憶がほとんどないんだな。

だって、三五年ローンって。途方もない。

私がこれまで生きてきたのとほぼ同じ時間かけて返済する借金を背負う、という行為、すさまじすぎません？「すさまじい」を超えて、「いみじ」という気持ち。世の中の家買った人々は本当にみんなこんなことを？正気じゃやってられなくないですか？と街中の人に聞いてしまいそうになった。

数千万の債務の重みが、物件の申し込みをした後にどっと押し寄せて、逆にふわふわした気持ちになった。自分の足が地面から数ミリ浮いているような感覚があった。

家の契約をした日の夜に、とても心優しい友人と会う約束をしていた。水道橋のスパイスバル。ミントハイボールで喉を潤しつつ、「ローンって、正社員としての勤続期間や年収を報告するだけじゃ組めなくて、三年以内の通院歴とか投薬歴まで書かされるんですよ。未来の労働だけじゃなくて、健康を質に入れる制度だって知って、よくできてるなあって思った〜」と笑いながら話した。

彼女は私に「ほんとひどいですね……」と明るい声でかえしつつ、なんと少し涙ぐんでいた。今まさに労働と健康を質に入れようとしている、私のためになのか、そういう社会全体を生きている自分になのかわからないが、とにかく涙ぐんでいた。涙ぐむようなことだったのか。まあ、そうかも。私は驚いたけれど涙を流さず指摘もせず、へらへらしたままミントハイボールを飲み干し、ラムキーマカレーを食べた。ロボットなので。

でも、物件の契約を終えて、手付金を振り込んで、これは本当に後戻りができない、家を買うしかない、というところまで来たら、理解できた。これは現実。一〇〇パーセントの現実。そして、大量の書類手続き。印鑑登録のために区役所に並んだり、課税証明書を取得したり、確定申告書の重すぎるＰＤＦをネットプリントできるサイズに圧縮するため四苦八苦したり……。

こういう手続きって、必要だからあるのではなく、形式と締め切りで頭をいっぱいにして、深く考えることを妨げるために用意されているんじゃないか、と思った。そこで働かされる思考はかなりオートマティック。そのオートマティックさに飲み込まれていると、心のなかはしんとして、雪の朝みたいにしずかだ。

ローンの書類を揃えている間は、仕事でできていると思っていたことができていなくてうなだれたことも、彼氏に悩み事があるけれど私にはどうにもできないことも、文章の締め切りがどんどん守れなくなっていることも、全部遠くに行ってしまう。そうか、私はこの平穏を手に入れるために、わざわざ中古マンション購入というタスクを背負ったのか。三五年ローンとともに。

ちょうどよく重たいものが乗っている　そういう気分で毎晩ねむる

永井祐『日本の中でたのしく暮らす』

ここまで、私は、人間関係の認識について「舞台」「ロールプレイ」「ジョブ」などの言葉を用いて説明してきた。これらの言葉を使ったことで、少し主体性というか、好んでそうしているようなニュアンスが出てしまった気がしているし、この間書いたときにはそう思っていたんだけど、それは正しくなかったかもしれない。

マルチタスクが破滅的にできないので、それぞれのタスクや人間に向き合うために、セーブデータを分けたいという話だ。給食の時間に給食を食べる、みたいに、「この時間はこのことだけ考えてください」というルールを作るのに、分人的思考がちょうどいい。会社でも上司には「平松さんはよく自分のポジションを強調するけれど、役割で区切るんじゃなくて、目の前のタスクに柔軟にオーナーシップをとってほしい」などと注意を受けるのだけど、それをやっていると私は目の前のタスクをあれこれ拾ってしまい、元々自分がやらないといけない仕事を忘れてしまうんです。忘れないように、今ここでの「ジョブ」でラベリングされておきたいというのがあるかな。

だから、今この文章を書いている「ひらりさ」と、現実世界で働いている「平松さん」や、彼氏と付き合っている「りさ」の振る舞いは、私がここまで書いてきた文章から受ける印象ほどは、分かれた存在ではないと思う。そこは上坂さんと正反対というわけでもない。嘘がつけないし。余談ですが昨年、私が額のシワが気になって、ボトックス注射打ちに行こうかな～と鍵アカでつぶやいたら、「紹介割引あるよ」と上坂さんが声かけてくれましたね。クリニックのカルテに「紹介者：上坂あゆ美」と書いたとき、当たり前だけどこの人、美容クリニックでも上坂あゆ美なのか……としみじみしたのを思い出しました。

ちなみにゲームをプレイするときも、名前は「りさ」「りっちゃん」とかです。今日の昼間は「Coffee Inc2」というスマホゲームをぽちぽちプレイしていたのですが、プレイヤーの名前をずっと「りさち」にしていました。ネットワークビジネスとかスピリチュアルブログとかのメールマガジンに興味本位で登録するときだけ、使う名前もあります。「楓《かえで》」です。

近頃の私は、彼女ジョブと、会社員ジョブに関する思考タスク（だと私が思っているもの）で頭がはちきれそうになっており、緊急避難として不動産を買う独身女性ジョブとタスクを無理やりつっこんで、心身のバランスをとることをはかったのでしょう。まあ、別の形でアンバランスになっているのですが。

そんなわけで、不動産手続きのオートマティックさに救われている今日このごろなのですが、この流されると楽なのって、結婚とか出産とかもそうじゃない？　結婚する、子供を産むって能動的な選択に思えるし、事実、令和においてはかなり能動的な選択ではあると思う。でも一度乗った後は、はい改姓手続き、はい結婚式、はい扶養に入って、はい分娩痛くても我慢して、はいお母さんは産休・育休をとって時短勤務かパートタイムになって、幼稚園や小児科ではママって呼ばれて……と、みんなが粛々と受け入れている手続きや慣習が目白押し。

そこで「結婚しない」とか「結婚するけど結婚式しない」とか「結婚するけど自分は姓を変えたくないので訴訟する」とか「結婚するし姓も変えたけど子供は親になんと言われようが産みません」とか「ママって呼ばないで、個人名で認知してください」とか言っていくことの、なんと大変なことか。なので、パートナーのいる上坂さんが「できるけどしない」という選択を取り続けているのは、「いみじ」と思いました。

この世の常識やシステムに対して、オールタイム抵抗勢力な上坂さん。「老い」に対してもすでに立ち向かっていたとは。このノートのどこかのタイミングで「上坂さんって怖いものあるの？」と聞こうと思っていたのですが、答えが回収されてしまった。


老い。私にも、気をつけていることはあります。体調を崩したり怪我をしたりすると治りにくくなったので、三〇歳を過ぎてから、意識的に野菜を食べるようにしているし、カップラーメンやファストフードは控えるようになった。週一でパーソナルトレーニングに行き、週一でクラシックバレエのレッスンを受けている。定期的に鍼灸院に行き、体のみならず、美容鍼も打ってもらっている。彼氏や同僚がかなり年下なので、ジェネレーションギャップを感じることも増えてきた。自分が硬直的な物言いや保守的な振る舞いをしていないかという点については、びくびくしている。

でもそれらは、目の前で起きていることに対処している感じで、上坂さんのように、将来やってくる大きな老いには立ち向かえていない気がする。

これは私が自分ごととして体感できる時間が、《現在》と《現在のちょっと先》しかないからでしょう。上坂さんは前回「一〇代の頃は生きるのがとにかく辛く、いつ死んでもいいようにしたかった」と書いていた。私も「三〇までなんとなく死ぬと思っていた」といろいろなところで書いてきた。上坂さんの「死んでもいい」はかなり能動的な言葉だと感じるんだけど、私の「なんとなく死ぬと思っていた」はもっと受動的。

一〇代~二〇代前半までは、学校とか受験とか就職とか、わかりやすいライフイベントが用意されていたのに対して、三〇代以降は自分で組み上げていかねばならず、しかしそれがうまくできていない自分にとっては、その先の想像がつかなかった、途方もなかった。いざ三〇を過ぎてみて、そこそこ楽しく生きてはいるけれど、今抱えているジョブやタスクを生きるのにいっぱいいっぱいで、来年以降のことも何もわからないし、認知症のことなんて考えている余裕がない……。これは、自分の祖父と祖母がそこまで重い認知症にならずに死んだ、というのもあるかもしれないです。

私が私であることに対してそこまで確固としたプライドがないのもあるかなあ……。今の私が理性的な存在だとあまり思っていないし。私はむしろ、考えれば考えるほどドツボにはまっていくことが多いから、ちょっとボケたり、ちょっとできないことが生まれたりしてからのほうが、(周囲がどう思うかはともかく)私自身は生きやすくなることもありそう。

そうやって考えると、今の自分を自分として確立している上坂さんよりも、身軽でいられている、考えずに済んでいる部分もあるんだろうね。飼い猫の世話ができなくなると困るから、飼い猫が天寿をまっとうするまでは、ボケず死なず過ごしたいな、とは思っています。三五年ローンも組むところだし。

よくよく考えたら上坂さんの歌集のタイトルって、『老人ホームで死ぬほどモテたい』だよね。一〇代の頃いつ死んでもいいと思っていた上坂さんが、老人ホームのことまで考えられるようになったのは、何か具体的なきっかけがあるんでしょうか。

今日までを生きててよかったんだよね　鳥貴の釜めしまた食べようね

上坂あゆ美『老人ホームで死ぬほどモテたい』

●上坂（五月一三日）

新緑がまぶしい季節になってきました。

最近、友人がやってるバンドの曲の振り付けを担当し、久しぶりにダンスをやっている。一昨年くらいにも別の曲で振り付けとバックダンサーを担当したんだけど、新曲と合わせて今度ライブで披露することになり、ワクワクしています。

ひらりさんも幼少期にやっていたバレエを最近再開したんだよね。私も、小学生から大学受験まで、モダンバレエとコンテンポラリーダンスをやっていました。人生で初めて表現することの楽しさに触れたのは、短歌でも文章でもなく、ダンスだった気がする。運動全般を心から憎んでいた学生時代でしたが、ダンスだけは本当に楽しくて、それは身体性を競うというよりも、精神性を表現することに接続する要素があったからだと思う。私のバレエの発表会を見に来てくれた体育教師に、「あなた、グラウンドよりも舞台上の方が足が速いのね」と言われたこともあったっけ。中学生の頃は文章より舞台に興味があったんだけど、その頃に親が離婚して貧しい母子家庭になり、金を稼げる仕事に就かなきゃと思い、舞台の夢は秒で諦めた。もし我が家が金持ちだったら、今頃私は短歌も文章もやっていなかったのかもしれません。

ついにマンション購入、おめでとうございます!

物件買うときって、オートマティックな作業がめちゃくちゃ多いよね。ローン審査に関して、性別、年齢、家族構成、勤めている会社名、勤続期間、年収、通院歴……と、書類上の冷たい情報だけで自分が審査されるのがすごく違和感があった。銀行側としては、要するに私が返済を滞らせたり、途中でトンズラこいたり死んだりしないかという信用面を気にしているわけだから、もっと私のTwitter（当時）とか著書とか見て、私の魂を信用してほしいんだけど!?と思ったのを覚えている。私の魂を見た場合、より審査が通らなかった可能性も多分にあるのだけど。

大量の書類手続きによって、逆に心に平穏がもたらされたという意見、すごく面白かった。物件購入にあたっての書類手続き、私は死ぬほどめんどくさかったというざっくりした感想しか記憶にない。その時は会社で忙しく働きながら、会社と別でマーケティングの副業もして、さらに初めての著作の出版準備にも追われており、そんな中で降ってくる大量の書類は、私の平穏を乱すものでしかなかったな。

契約に関することで唯一覚えているのは、頭金を支払ったときのこと。私が買った物件は、あるご夫婦が投資用に購入していたものだった。なので契約時に初めて顔合わせとなったのだけど、立派な応接間みたいな部屋で、品の良い（金持ちそうな）老夫婦、ビシッとスーツを着た四〇代の不動産会社担当二名、そして労働の疲れによってほぼスッピン、安物の服に身を包んだ二〇代の私。この空間で自分だけが浮いているのは入室した時点で気づいていた。席についた瞬間、老夫婦があからさまに（この子が買うの……？　一人で？　大丈夫？）という表情をしていたから。

諸々の書類を書いた後、「では、頭金をお願いします」と担当者に言われ、現金で持ってくるように言われていた一〇〇万を超える札束を机に置く。担当者はそれを紙幣計数機にかけて数え始める。紙幣計数機ってこのとき初めて見たんだけど、超高速で札束がバババババッと数えられていって「え～すご～い！　インスタに上げていいですか!?」とスマホを取り出したら、老夫婦が若干引いていてウケた。このシーンだけは覚えていて、あとは何を言われたか、何の書類をどのように書いたか、全て忘れた。私はオートマティックなことに本当に興味がないし、やっぱりそれは、私が憎んでいる常識やシステムと同じ匂いがするのかもしれない。

ひらりささんはマルチタスクが苦手だからたくさんのジョブに分けていると書いたけど、それって結果的に、マルチタスク的環境に自分を追い込んでいる気がする。だって不動産買わなかったら、物件探しや内見や書類手続きといったタスクは発生せず、そっちの方がシングルタスクに近づくじゃない？

前からひらりささんのこと、「心も体も一二〇％忙しくしていたい人」なんだと思ってる。

会社仕事や文筆でもともとかなり忙しいのに、無理なスケジュールの旅行をぶち込んだり、無理なスケジュールの同人誌制作をぶち込んだりしていて、特に忙しくしていたい人ではない（むしろできるだけ寝てたい）私からすれば、それはいつも不思議でしょうがない。

ひらりささんの中では、目の前のことで忙しくしていたいという欲求が、マルチタスクが苦手ということを上回っていて、それを両立させるために編み出されたのが「ジョブを分ける」という手段なんだろうね。それってなんかすごく、生きてるって感じだ。常に目の前のことで一二〇％忙しい状態がひらりささんにとって「生きる」ってことで、だからこそ時間の把握が「現在」と「現在のちょっと先」しかないのかも。

そうか。だとすれば、あらゆるジョブを限界まで詰め込むのはひらりささんが生きたいと思っていることの証。「短歌やりなよ」って言ったら本当に短歌始めてくれたし、「猫飼うと精神安定するよ」「家買うのおすすめだよ」と話してたら、いつの間にかそれらも全部実現してきたひらりささん。短歌以外はもちろん私が言ったせいだけではないだろうけど。

この人、「（恋愛や仕事や趣味を）やめなよ」って言っても全く聞く耳持たないのに、「やりなよ」ってことにはなんでこんなに素直なんだろうと思っていたんだけど、ジョブを増やすことは生きることに直結するからで、ジョブを減らすことは、もしかしてだけど、死ぬことに近づくのかもしれないね。……完全に推測で言っているから、もし間違っていたらこっそり教えてください。

そうやって無理矢理にでも理由を探して、なんとか死を遠ざけるという生き方は、細部は違えど私も理解できる気がする。「樹木希林（概念）になりたい」とか言っているのも、本当はなれてもなれなくてもどっちでも良くて、まだ死ねない理由を探しているだけなんだろうなって思うことがある。『老人ホームで死ぬほどモテたい』という自著のタイトルは「将来的に樹木希林くらいかっこよくなりたい」を言い換えたものなんだけど、本のタイトルなんかにしちゃって社会に公言することで、〟まだ死ねなさ〟をより強めたかったのかもしれない。だって理由もなく目的を持たず、ただ生きるには人生は長すぎて、うっかり死んでしまいそうになるから。もしかして、死ねない理由を作るために結婚や出産をする人もいたりするのかな。

自我が強くはっきりした性格のせいか、先日会った人に「ドラゴンボールの孫悟空みたいですよね」と言われたんだけど、人からはそう見えるのかって驚いた。私は弩級のネガティブ思考だから「生きたい」って思えてはいなくて、「まだ死ねない」をずっと続けているだけ。悟空はきっと、生きたいか死にたいかなんて考えないよね。「死ぬ時は死ぬ!!」って思ってそう。本人、実際二回くらい死んでるし。「生きたい」とはあんまり思ってないけど、昔と違って「死にたい」と思わなくなったのも本当のことです。そうなった要因は、仕事で実績が認められたとか、かつてのパートナーがすごく褒めてくれる人だったとか色々あるけど、一番大きかったのは約八年前、生まれたての子猫を飼ったことかな。もちろん成猫も可愛いんだけど、子猫って、脳からやばい物質が出るほどに可愛いじゃないですか。私が引き取らないと死んでしまうかもという状況で、自分がこんなにも素晴らしい命を救えたという事実。それまでは自分なんて生きている価値がないと思っていたけど、その事実だけで私は十分生きるに値する、むしろ大量のお釣りがきて然るべきだと思ったのです。その辺からあまり死にたいとは思わなくなりました。人間って、マジで思い込みで生きてて不思議ですよね。

さかみちを全速力でかけおりてうちについたら幕府をひらく

望月裕二郎『あそこ』

そういう経緯で私は自己肯定感ってやつ（あまり好きな言葉じゃないけど）を手に入れたのかな。セルフラブが持て囃される世の中だから、ノリで自分って最高じゃん！　とか言ってみるときもあるけど、正直最高ってほどではないよなと冷静に思う。やっぱりどこまでもネガティブなので、根拠もなしに自分を愛せてはいないけど、自分というあまりにも難儀な乗り物を長年乗りこなしてきたという実績は評価している。性別や容姿や生育環境や生まれつきの特性など、人生には自分で選んでいないものがたくさんあって、それは私ではなく私の乗り物に過ぎない。ああ、これに気づいてから生きるの結構楽になったかもな。俺だから耐えられたけど俺じゃなかったら耐えられなかったよこんな乗り物、ってすごく思うし、そういう意味では自分を客観視できるようになったのも大きいのかもしれない。近年では容姿を褒められたとき素直に肯定できるようになっていて、それは自分の魂と乗り物は別だという感覚があるからかも。たまたまこういう顔を持って生まれただけだけど、それを自分の魂と切り離して見たときに、まあこれはこれで良いんじゃねっていう気持ち。こういう考えだから容姿だけを褒めたり貶したりする風潮はあんまり理解できなくて、他人の容姿もあまり重要視していない。容姿よりは魂と、その生き様に興味がある。

佐藤弓生『薄い街』

たましいに性器はなくて天国の子はもうどんな服でも似あう

ひらりささんは、自分の乗り物についてどう思う?

○ひらりさ（五月二二日）

やってらんねえ〜〜〜！

夜道を歩いている時、叫んでしまう程度には疲れています。仕事を？　恋愛を？　人生を？

自分でもわからない。わからないけれど、あたまの中の水槽に水がひたひたに入っていてあふれそう。あふれた後なのかも。あふれそうでもあふれていても、からだは目の前のことには向かう。会社に行かないとクビになるし、ドタキャンすると友達なくすし、彼氏に会わないと恋人としての地位が心配になるし、書類を出さないとローンがおりない。タスクを無理やり喉に流し込み、その動力で生活を回しています。

習慣を作りたいけど難しいのでフィジカルと紐づけてする

川村有史『ブンバップ』

このノートを読んだ人は全員「休め」って思うでしょう……休みかたがわからない!!! 会社をやめて一年留学していたときも、休むつもりだったのに、月二〇万円くらいの収入があった。つまり、仕事をしていた。休んでいると、不安だ。休んでいると、むしろバランスを崩す気がする。突き進むしかない。タスクをこなすしかない。タスク過多で疲れているのに、心を癒やしてくれるのもまたタスク。永久機関だ。

タスクに追われてしんどくなり、別のタスクに逃げて回復することを続けてきた人生。はいはいいつものパターンだなと、頭のどこかでは余裕をかましていた。でもこの二週間は、昼ごはんを取りそびれて夕方になってしまったり、お風呂に入るタイミングを逃して二日経ったり……ということが出てきた。これは私史上でもかなりビッグウェーブかもしれない。やはり思った以上に、マンション購入の負荷が高かったのだ。ローン審査を待っている時間がこんなにしんどいとは！　メインバンクだから大丈夫だろうと思っていた銀行の審査に落ちたのはとくにしんどかった。口では誠実なお付き合いを提案していた男性にヤリ捨てされたくらいのショックを受けました。

そして、上坂さんの言う通り、マルチタスクが苦手なのに己をマルチタスクに追い込んでいるものだから、結局どれかひとつのタスクにかかりきりになり、他がおろそかになる。

今回ローン以上に心身にきていたのは、実は会社業務。それが大きなインパクトになったのは、不動産購入でいっぱいいっぱいになった結果として、気付くべきタイミングで業務の異変に気付けず、後日の自分にツケがのしかかってきたからなのでした。「あ、やばい!」と思った瞬間に「不動産を買う独身女性」のプレイをほったらかし、ひーひー言いながらツケを払っていたのでした。


そんなカオスのなかで決行しましたね、歌会を。上坂さんも、日中イベント仕事があったにもかかわらず参加してくれてありがとう。

ぶっちゃけますと、人々を集めたくせに新しい歌を詠む気力がなく、一度出したのは過去詠んだストックだった。でも、当日ぎりぎりにアイデアが浮かんできて、新作を提出することができました。

プルースト効果は期待していない　ふくらんでいく天板の種

十和田有

「天」という題に応えて作った本作。推敲が甘い自覚はあり、歌会での評もそこを指摘するものが多かった。評は受け止めています。でも、「つくる」ということに再度向き合うきっかけをつかめたので、この歌を出してよかった。今このノートを書いている心持ちも、文面よりは穏やかです。明日ルミ10行って何か買おうかな〜まで考えられるようになった！（そう、夏のルミ10がもう始まっているのです）

こう考えると、私が人生に本当に求めているのは、オートマティックな手続きではなく、「うまくなりたい」と「もっと知りたい」なのだろう。不動産購入だって、ここまでのスピードで購入タスクに至ったのは、私の知らない社会の仕組みを知りたい欲求にブーストされたからだ。

私がジョブを減らすと死に近づくのでは、という上坂さんの見立ては、当たっている気もするんだけど、そのとおりだとも言い切れないところもある。

この一年で、実行すれすれの衝動的な希死念慮を抱いた瞬間が一度ある。昨年の夏、恋人と初めての旅行に行っているときだった。

交際三か月を迎えての温泉旅行。好きな男にドタキャンされ続けてきた人生のため、恋人が待ち合わせ場所に現れただけで心からホッとし、特急をおりて眼前に広がる海を見た彼が満面の笑みで肩を組んできたときに「幻覚か？」と思ったし、貸し切り露天風呂でいちゃついているときすら「これは何かの詐欺なのではないだろうか……」と思った。ちなみに電車の中ではウエルベックの『セロトニン』を読んでいた。すべてに絶望した中年男性が、若い頃の恋人たちとの甘い思い出を回想し続ける小説だ。

「五年間幸福が続くなんてすでにそれだけでかなりのことだ、ぼくには間違いなくそれだけの価値はなかったはずだ、そしてこの関係は恐ろしいほど馬鹿げた終わり方をした、起こってはいけないことが起こってしまった、そういうことは毎日のように起こるのだ。」

『セロトニン』（ミシェル・ウエルベック著／関口涼子訳　河出書房新社より）

私の人生にとっても、ここがピークなのでは？　私の身には見合わない幸福が訪れており、この後の人生はこの記憶をしゃぶりながら生きるしかないのでは？　もう十分生きたのでは？　単著も出したし……。と思いながら、宿に着き、温泉であたたまり、伊豆アニマルキングダムで遊び、たいのおかしらつきとともに利き酒セットを堪能し、酔っぱらった彼氏が寝入った真夜中にひとりで大浴場の露天風呂に浸かったとき。ガラスの柵をとびこえて、ぱっくりと広がっている暗闇に、ジャンプしそうになった。そう思っただけでしょ、と言われるかもしれないけれど、あのときはちょっと体が動いていた。本当に。

ではなぜそれをしなかったか。脳裏に浮かんだのは「いや、いろいろなことが下手くそなまま死ねなくない？」だった。

人間関係も下手だし、仕事の評価もまだ出てないし単著を出したと言っても重版してないし、短歌も中途半端だし……。

正直、私はこの世すべてに対して、責任感がほとんどない。「今死ぬと恋人が悲しむかもな」とか「猫の世話どうするの」とか「あの締め切り終わってないな」とか「会社の人たち困るよな」とかは、土壇場では考えなかった。私が死んでも代わりはいるもの。

でも、私が何かをうまくやれない以上、それをうまくなるには私ががんばるしかない。人間関係も、仕事も、文筆も、短歌も。本当にうまくなりたいなら、どれかひとつのゲームをプレイしたほうがいいのにね。でも、何かをやりきったら死んじゃうから、死を遠ざけるために、マルチタスクプレイをしているのかもね。上坂さん言うところの「まだ死ねなさ」を、上坂さんとは別のやり方で捻り出している。

じゃあやっぱり、上坂さんの見立ては当たっているのか。本当にうまくなったかどうか、というより、手をつけていること全てに対してもう十分だなと感じたら、死ぬんでしょうね。

私というコンテンツのつづきを別に見なくてもいいやと思ったら。

何の話だったっけ？ そうだ、乗り物の話だ。一応ここまでの話も、上坂さんからの「ひらりさんは、自分の乗り物についてどう思う？」という問いから引き出されて書いたものです。

というのも、自分の中で、二〇代前半までと二〇代後半以降で、希死念慮の質が変わった気がしているんだよね。直近の希死念慮は「もうこの自分、ピークなのでは？」という話。未来の自分を否定しているけれど、現在の自分はそこそこ肯定できている感じなのです。でも二〇代前半のころは「現在の自分が耐えがたい」という希死念慮だったと思う。つまり、乗り物が。大学でブス扱い、職場でホームレス呼ばわりされたことまである自分が。

「人の容姿もあまり重要視していない。容姿よりは魂と、その生き様に興味がある。」

上坂さんはこう書いていたけれど、私の世界観では、やはり魂と生き様は、見た目に出てしまう。一〇〇パーセントではないよ。でも私は、運動を全くせずスナック菓子を食べながら勉強机にかじりついて一〇キログラム太ったあとの大学生活でブス扱いされ続けたし、美容院代をケチって激安カットモデルで済ませ髪の毛を乾かさずに寝起きして会社に行っていたところに上司にホームレスと言われた。

あの頃はすさまじいショックを受けたしあいつらのこと許していないが、私がいま雑誌に顔を出して自前のヘアスタイルやメイクでインタビューを受けたり、マッチングアプリに顔を出して恋人をつくったりできているのは、こうした言葉に傷ついた結果として「世間の言うことに耳を貸してハックする」を選んだからである。ある種のジェンダー的抵抗から、脇毛をのばしてメディアに出ている女性とか見ると、尊敬するなという気持ちと、「でもそれ以外の身だしなみやおしゃれセンスが自然とある人だからだよね」というルサンチマンが同時に発生する。

つんとした鼻とか、すらっとしたスタイルとかよりも、「自然と身だしなみを気遣える」ことがかなりのギフトだと思う。だから私は、ルッキズムばりばりの目線を受け止めて「矯正した」私は、ルッキズムの中で傷ついている人にシンパシーを感じ、「容姿」を、その人が獲得したものだととらえている。と同時に、ルッキズムに傷つけられたことがなさそうな男性に惹かれてしまう。ルッキズムに傷つけられたことがある人、面倒くさいからね。

……いや、嘘。身だしなみに対して全く努力の痕跡が感じられないのにルッキズムに傷つけられたことがなさそうな男性、どうしても性的に好きになれないんだよな。この手の人に告白されると、最初いいかもなと思いつつ、途中でどうしてもだめになって断ってしまうんだけど、そこで「容姿が好きじゃない」と正直に言うことができない。それは単純にマナーとして、と思っていたけれど、そうじゃないんだろうな。

「容姿が好きじゃない」がやはり一〇〇パーセントの理由ではなくて、「ルッキズムに傷つけられたことがなさそうな感じが気に入らない」が半分含まれているからなんだろう。もっと悪いな。ここで「男性」と限定しているのは、差別ですね。しかし、私のこれまで生きてきた人生のなかで、身だしなみに対して全く努力の痕跡が感じられないのにルッキズムに傷つけられたことがなさそうな女性、にひとりも出会ったことがないとも思う。私が男女を分けてしまう性分において、ルッキズムというのは相当大きなファクターだな、と今気づきました。

本音を爆発させてしまいました。この交換ノートを読んでいる別媒体の担当編集者から、「ひらりさんがＡＩみたいに言われて、私としては短歌のコラムちょっと悲しいんですが……」というメールをいただき、痛み入っていたというのに。ＡＩじゃないとすると、単なる人でなしになってしまう。

上坂さんはよく「美しい魂」という言葉を使うよね。

その「美しい」って、具体的にはどういうことなのでしょうか。その「魂」は、その人が、選ばずに持っているものたちと可分と言えるでしょうか。

魂と容姿

●**上坂**（五月二八日）

あらゆる締め切りに追われています。

あと数日以内に出さなきゃいけないものとして、短歌数首、エッセイ（×三）の執筆、エッセイに挿入されるイラスト、登壇イベントの資料、別の登壇イベントのタイトルと内容決め、出演する番組のアンケート……それに加えてPodcast番組の収録と編集、スナックの出勤、さらに今年の夏はバックダンサーと演劇の出演も控えており、その打ち合わせもある。

なんでもできちゃう自分をアピールしたいがために「もう何屋なのかわからないですよね～ハハハ」とか言うよくいる広告代理店の人ってすげえ鼻につくなと思っていたけど、ここに書いている時点で自分も全く同じ存在になってしまった。ひらりささんのように自らタスクを増やしているというよりも、面白そうな依頼に好奇心をそそられて全部受けていたらこうなった。結果として肩書が不明な人になっている。

歌人としてデビューした後、短歌をつくるのが苦しくなって、エッセイやラジオなど門外漢の表現活動に手を出してみたら、これがすごく楽しかった。短歌一筋何十年みたいな歌人への憧れも尊敬もあるし、正直そっちの方がかっこいいなとは思う。だけど最近は、他人から見てかっこいいかどうかより、自分が楽しいかどうかを優先したいという気持ちが強い。需要があるからといって辛いことをずっとやり続けても、ボロボロになった心の責任は誰も取ってくれないし。隣の芝生より己のメンタルヘルス。

それに、美大に通っていた四年間で一番強く感じたのは、「楽しんでつくっている人に、頑張ってつくっている人は敵わない」ということ。無理にでも頑張ってつくらなきゃと思って、それを繰り返した結果、短歌を嫌いになってしまうのが何よりも怖い。好きだからこそ、私は短歌と適切な距離を取りたい。いつまでも短歌と楽しく遊びたい。それが自分なりの真摯な向き合い方なのだと、今は思っている。

ひらりささんの近況を知って、やっぱり「休め」って言いたくなったけど、それも難しいんだよね。じゃあ、現世利益に関係のないタスクを増やすのはどうでしょう。

以前、現世利益を追わない人に憧れると言っていたよね。今のひらりささんは、会社の仕事、文筆、恋愛、マンション購入など、なにかしらのステータスに結びつきそうなもので頭がいっぱいなんだと思う。私の例で言うと友人のバンド曲への振り付け考案&バックダンサーとかは、マジで一円の得にもならないし仕事とは到底結びつかないのだけど、意外とそういうのに熱中しているとき、心がとても穏やかです。

以前から心が限界になると、ヨドバシカメラの玩具コーナーで面白そうなものを片っ端から買ってきて、アンパンマンぬりえをしたり、アイロンビーズで何かをつくったり、そういうことをしてメンタルのバランスを取っていました。現世利益にならないことを人生の主目的にするのはなかなかハードだけど、趣味程度にやるのはかなりおすすめ。シルバニアファミリーで遊ぶでもいいし、街中のマンホールを撮り続けるでもいいし、興味がありそうなことからやってみては？　なんか誘ってくれたら付き合うよ。

有休で泥だんごつくるぼくたちは世界でいちばんいちばんぴかぴか

上坂あゆ美『老人ホームで死ぬほどモテたい』

希死念慮の話を聞いて、「人生に意味はあると思う派？　それともない派？」という話を友人としたときのことを思い出しました。私以外の二人は人生に意味はない派で、意味などないのだからできるだけ楽しく生きるべしというマインドでやっていると言っていた。私は人生に意味はある派。あるというか正しく言うと、人生はしんどすぎるので意味などないとしたら割に合わないから、意味があってもらわないと困る派だ。現在時点で明確な意味は見出せていないけど、私が書くものや喋ることで少しでも生きやすくなる人がいたり、そうでなくても面白いって思ってもらえたりしたとき、どうやら私の生きる意味ってこれかもな～と思う。でもそこに責任を感じすぎるとしんどいから、あくまで自分が楽しい範囲で自己満足をベースに置くという、今のところはそんな感じでやっている。

「生まれてから三二年も経ったのに、女性性に生まれることも、そもそもこの世に生まれることも、自分は何も選択していないのになぜ？　おかしくない？」という気持ちがまだまだ新鮮にある」と言ったら、ポケモン好きな別の友人に「（映画『ミュウツーの逆襲』の）ミュウツーじゃん」と言われたことがあるけど、だとしたらミュウツーも人生に意味があってもらわないと困る派なんだろう。

　人生に意味がある派の人は、その責任を果たすことが生きる意味だと思いやすい。私のように。ひらりさんは「この世のすべてに対して、責任感がほとんどない」ということなので、基本的には人生に意味はない派なのかなと推察した。だけど、ひらりさんが人生の目的としている「うまくなりたい」「もっと知りたい」という欲求は、「そうなったら死んでもいい」という意味で、比較的人生に意味がある派に近い思想だと思う。根本的な思想と欲求が矛盾を起こすと、生きづらさや苦しみにつながりやすいよね。

でも……「だからひらりさんも人生の意味ある派かない派か、どっちかにしなよ」とは言いたくないな。会社員と文筆家。異性愛とシスターフッド。そしてルッキズムへの迎合と傷つき。異なる価値観の狭間で、白黒つけずに悩み続けるというのが、ひらりさんらしさなんだと思うから。変な日本語になるけど、ひらりさんって、生きやすくなったら死んじゃいそうだし。もちろんできれば健やかに、幸せに生きてほしいけど。

ジェンダーとルッキズムについての考え、興味深く読みました。異性も同性も、そんな軸で見たことなかったから新鮮だった。ひらりさんにとってルッキズムって元々の顔や体の造形よりも、「身だしなみに対して努力をしているかどうか」の比重が大きいんだね。だとしたら私はやっぱり、容姿ってその程度のものじゃん、魂や生き様の方が大事じゃんって思ってしまうかも。

ひらりさんは、自分が世の中の評価軸を受け入れて学び、矯正したからこそ、容姿はその人が獲得したものだと捉えていると言った。私の定義で言うと、その努力の過程っていうのはもはや「容姿」ジャンルではなく、「魂」ジャンルに含まれる気がする。あまねく全ての人に降りかかるわけではないひらりさん独自の傷つき、それを受け入れて矯正するという道を選んだこと、魂のきらめきを感じるよ。

魂って、オリジナリティがあればあるほど輝く気がする。身だしなみって、プロにお金を払えばたった一日である程度はなんとかできちゃうと思うんだけど、ひらりさんのこの生き様は、一朝一夕では手に入らない。それこそ自然と身だしなみを気遣えていた人よりもずっと深い味わいの魂だ。本人としてはそれどころじゃなかったと思うけども。

「魂は見た目に出る」論って、よく聞くけどあまり信用していない。ファッション込みの全体の雰囲気みたいなものに多少内面が反映されることはあるだろうけど、それって魂の総量に対して五%、多く見積もっても一〇%くらいの話だと思う。だってそうだとしたら、私が小柄で童顔で取っ付きやすそうな見た目なのがおかしい（自分でそう思っているというよりも、知らない人にしょっちゅう道を聞かれるのでそう判断しています）。せめて身長一七二㎝はないと整合性が取れない。私の作品やＳＮＳだけを見ている読者に会うと、ほぼ一〇〇％「もっと大きくて怖そうな人かと思ってました」と言われて、なんか私の乗り物って私に合ってなくて変だなあって感覚。

あとこの論だと、身だしなみではどうにもならないレベルで容姿にコンプレックスを持っている人がいたら強い孤独を感じるだろう。でもそういう人にこそ魂のきらめきがあると思うから、「見た目は単なる乗り物で魂とは関係ない」という立場を取る方が、私にとっては色々な面で都合がいい。

美しい魂について、ちゃんと言語化したことなかったな。

一言で言えば、「自己もすべての他者も大切にしている」ことかな。大前提として、他者への根本的な思いやりや優しさがないと、美しくはなれないと思う。思いやりなんて薄っぺらい言葉、道徳の教科書で何十回も見たはずだけど、当時は心底くだらねーと思っていました。あれ一周回って正しかったんだということに、私は二五歳ぐらいでやっと気づいた。

身内にはすごく優しいけれどそれ以外の他者に対して攻撃的な人や、他人の意思を尊重しすぎて自己犠牲的になっている人など、たまに見かけるけど、彼らも美しくはない。もちろん人間だから、仲のいい人とそうでもない人の序列は当然あるものだけど、身内とそれ以外の線引きをしすぎることは、対立や引いては差別に繋がる。私が男と女の間に太い線を引きたくないのも、ここから来ているかも。そして自己犠牲的精神というもの、自分には全くないからすごいなとは思うのだけど、大抵が自分か他者かのどちらかを蔑ろにしていることが多い。

真の意味で自分を大切にするには、自分のキモい部分や欲求から目を背けない勇気と行動力が必要だ。これは以前書いたように「自分の操縦が上手くなる」こととも繋がるかもしれない。また、「美しい魂」とは別で「面白い魂」もあると思う。その人しか知らない痛みや呪い、それにどのように向き合って、その結果どのような生き様となったか。さっき「魂はオリジナリティがあればあるほど良い」と言ったけど、そういう感じで、全ての人が痛みや呪いを乗り越えて生きる過程にはオリジナルな味わいがあるということを、私は信じているのかも。魂の純度の高さ、というか。自己もすべての他者も特に大切にしていないけど、めちゃくちゃオリジナリティがある魂を持つ人もいて、そういう人は美しいわけじゃないけど面白いなって思う。私の中でひらりささんは面白い魂の持ち主です。自分としてはできるなら美しくて、かつ面白い魂を持ちたいところだけど、これはなろうとしてなれるものでもなさそう。

私は人間の魂にすごく興味がある。正直、一人で黙々と書いているときよりも、人と会話してその魂に触れたとき、そして相対的に自分の魂の形がより理解できたとき、代えがたい喜びを感じる。だから物書きという一人で完結する仕事の割には、かなり人と会うことを好むタイプだ。ひらりささんも、進んで多くの人と会う方だと思うんだけど、何を求めて人と会うことが多いですか？　意外と一人の時間も必要なタイプですか？　人付き合いというものについて、考えを聞けたら嬉しいです。

○ひらりさ（六月二一日）

ごめんなさい。ずいぶん間があきました。

どうにも熱っぽい。お昼、無性にサンドイッチが食べたくなり、大雨の中徒歩二〇分かけてタイ料理屋にバインミーを買いに行ったせいで風邪をひいたみたい。UberEatsも使えたけれど、使わなかった。天候の悪い日ほど、そういうサービスに頼ることをためらう程度には倫理的な人間です。

寝転んでいたら少し回復した。足元にいつのまにか猫がもぐりこんでいる。喉を鳴らしているのか、振動を感じる。生きとし生けるものは何かしらの振動を発しているのだと、猫を飼ってから知った。たぶん、私もかすかに振動しているのだろう。

ちなみに赤ちゃんって、泣いているときにゆらゆら揺らすと泣き止むらしいです。これは移動時に天敵に気付かれてしまうリスクを避けるため、哺乳類の子どもにインストールされた、輸送反応という本能らしい。猫の振動が心地よいのは、この反応の名残なのかもしれません。眠気を誘われないうちに、このノートを書き終えてしまいたい。

締め切りラッシュは乗り越えられましたか？　次の波にさらわれている頃でしょうか。ラジオ出演に、イベント出演に、バックダンサーに演劇に。毎週解禁される仕事の量とその幅広さに、見ている側も圧倒されています。

私のほうはだいぶ落ち着きました。会社では上に人が増えて、私の責任が減りました。リーダーという肩書があったのだけど、新しくきた人に引き継がれた。驚くほど心安らかになりました。なんだかんだ、責任感あったのかも。不動産は購入手続きが完了し、リノベーションエ事が始まるのを待っているところ。

こういうときほど新しいタスクに身を乗り出したくなる習性。上坂さんの提案に一瞬心惹かれたけど、シルバニアファミリーもマンホール撮影も控えておきます。

上坂さんは、私がつい追求しがちである「現世利益」のことを、経済利益や社会的ステータスに結びつくものとして捉えてくれた。少し違うんです。もちろんそれも含まれているし、そのように書きました。しかし、私が最大に求めている利益とは、「友達がやっていて、話の輪に入れそう」なことなんです。

だから、上坂さんが取り組んでいることでいうと、友人のバンド曲への振り付け考案&バックダンサーなんかは、私にはバリバリ「現世利益」枠に映ります。人とのコミュニケーションが生まれるし、人の前に立つことだし。

やっている上坂さんからすると、他人から見てかっこいいかではなくて、自分が楽しいかをシンプルに追求した結果なのはわかっている。でも、そういうもの全て、私がやるなら、バックダンサーも、シルバニアファミリーも、マンホール撮影も、人とのコミュニケーションツールになってしまうのだ。誰にも言わない、SNSにも一切アップロードしない、とかでない限り。

どんな活動にも、人とのつながりを生む側面はある。それを排除し切ることはできない。悪いことでもない。ただ、そこに引きずられ過ぎて、自己嫌悪がますます募るというサイクルが、私にはある。不動産購入すら、このフェーズに来てしまいました。「買う」をめぐる会話がしたいのが第一で、買った瞬間どうでもよくなってしまった。恋愛や短歌、留学くらいまでは、ノリで実行してもどうにかなりますが、不動産はでかい。物が残る。ローンが残る。引っ越す必要がある……。

さすがにこの行動様式、しんどいなと今回思いました。メンタルがそこまで落ちるわけではないんですよ。ただ、疲れる。パワーを使う。二〇代の頃は、そうやって消費しないと有り余ってしまうエネルギーが体のなかにとぐろを巻いていたからよかった。いまは、惰性で消費しているカロリーの大きさに、体力とメンタルが追いついていない。いよいよ本気で行動様式を変えよう、と思い始めました。

今回の質問は、「何を求めて人と会うことが多いですか？」でしたね。私が人付き合いに求めてきたことは、シンプルです。

私の話を聞いてほしい。

インターネットも、文章も、私の話を聞かせたくて書いている。しかし、人は私に興味があるわけではないので、頑張って、人が興味を持てるような私でいるように、いろいろなことに手を出してしまうという構造がある。

インターネットや文章はともかく、対面での会話でこれをやり続けていると、だんだん友達がいなくなります。人間との事故、突き詰めると一〇〇パーセントこれが原因です。さすがにこの五年ほどは、目の前の人と「双方向に話す」ができるように心がけてきました。

深刻な失敗はまだ時々起こります。それでも、昔は見えなかったことがだいぶ見えるようにはなってきたかなと思うし、現に、昔傷つけてしまった友達でも、今また二人でゆっくり話せる関係に戻れた人もいる。それは本当によかった。

そんなわけで、元々「人に話を聞いてほしい」だった私の欲望は、「他人の思想や生き方に触れることで、自分の輪郭を形成したい」に改造されてきているかなとは思う。上坂さんと違って「自分を知りたい」ではなく「形成したい」なんですよね。まだぼんやりしているから。

一方で、「人に話を聞いてほしい」の中には、「人に影響を与えたい」という願望もかなり含まれている。自分がすすめた作品やサービスや人間とふれあった人が、それによって人生のちょっとした選択肢を変えているのを見るのはうれしい。私そのものが影響を与えるよりも、私を触媒にして人が何かに出会うのに立ち会うとき、無上の喜びを感じる。私の人生にも、意味を感じられる瞬間。

ああ、前回書いた「もっと知りたい」というエネルギーも結局、「誰かにそれを知らせたい」なのかも。ここに突っ立っている私の人生そのものには意味がない、という思想。かつて、上坂さんのアカウントをこまめに人に紹介していたのも、完全にこの欲望起点ですね。これは私にとって、人とつながるという現世利益を内包した活動でありつつ、経済的・社会的なリターンのことは考えずにやってしまえる活動のひとつです。息をするのに近い。

自分の輪郭を形成したいほうの欲望と、世界の触媒になりたい欲望を比べたとき、前者は「今、まわりのみんなが話している活動に私もコミットしてみよう！」というアクションに至りやすい。やってみたらそんなにしたくなくて、後から自分を疲れさせる傾向が強い気がする。不動産もこれ。やってみないと、やってみたくないかもわからないのだが。

後者は、「まだみんなが知らないもの」に対して発動するから、精神的にはフリーダム。ただ、有用なレコメンドができるように多種多様な新しいものをディグっておく活動は、それはそれで労力は要る。普段から定期的に映画館に通ったり、書店に行ったり……。体力と時間を使って「筋トレ」をしておく必要がある。この筋トレの部分を筋トレと思わず、呼吸するようにできる人に憧れているんだ、と今気づきました。

他人へのレコメンドなどのためでなく、コツコツ自分のためにコンテンツを消費・発信できる人を私は、現世利益から遠い人と捉えているのです。ここがもっとやれるようになりたいんだな。上坂さんからの提案を深掘りしているうちに気づきました。

正直、回を重ねるごとに、このノートへのプレッシャーは増しています。単純に、一つひとつの質問に全力でこたえないといけないから、というのもある。でも、上坂さんに対してのうっすらとした劣等感が湧いて出てきているのもありそう。

だって、負け戦では？

上坂さんの文章を読んで「こういうふうに生きられたらいいなあ」と思う人はいるに違いないけど、私の文章を読んでもみんな「この人生きづらそうだなあ」と思うだけでしょ？

上坂さんも毎度「生きづらいだろうけど……」と気遣ってくれるし。私もついつい「上坂さんってすごいね」を繰り返しそうになるし。

「自分の生き方をつらぬく上坂さん」と「生きづらいひらりささん」で交換ノートしたら、上坂さんのファンが増えるに決まっている。日本の童話で言うと、私って「泣いた赤鬼」の青鬼に近いポジションではないですか？

始めたては、一見ネガティブなことを書いていても、心の中では強気に書いていたのです。最初に上坂さんにがつんとパンチをかまされたからこそ、リングに立ち続けなければ……という反動がついたのはある。

しかしここにきて、冷静に立ち止まる自分がいる。我々は、なんのために戦っているのか？　いや、交換ノートって、戦いだったっけ。勝ち負けを決めるものではは別にないのだが……。それ以前に、こんなこと考える必要があるものでしたっけ。小学校のとき交換ノートをしていた子、今どうしているかな……。

とはいえ私だって、芯の部分はなんだかんだ頑固です。ここまでは、上坂さんの考え方や美学に「私は違うなあ」という立場を取り続けてきました。それ自体は嘘ではなく、本心です。

たとえば前回、上坂さんが「容姿ってその程度のものじゃん、魂や生き様の方が大事じゃんって思ってしまうかも」と書いたことも、私にはどうしても受け入れられなかった。私や、私に近い側にいる人たちに対してとても配慮して、マイルドに書いてくれたのはわかる。私のルッキズムに関する考え方に対して「魂のきらめきを感じる」とまで書いてくれているのは、上坂さんの優しさだと思った。

しかし、その考え方を素晴らしいなと思うのに、上坂さんのように感じられる側にいない自分について、惨めに思ってしまう瞬間がある。そういうポイントが、このノートのやりとりに何度も埋め込まれていた。上坂さんのスタンスのほうがまっすぐだなといつも思う。

そんなわけで「負けです！　降参です！」と叫んで、今回で交換ノートを終わらせたらどうかなと思い詰めて、しばらくこのノートを提出できずにいました。

が、三週間くらい考えたら、いろいろ吹っ切れてきました。上坂さんの思想やイデオロギーに「違うかなあ」と思う瞬間があるのは、上坂さんがまっすぐで私がひねくれているからではなく、上坂さんは上坂さんでエキセントリックなだけだな……と我に返りました。この交換ノートを通じて生まれたインナー上坂さんに自分の輪郭を委ねすぎていた。危ない危ない。

ただ、だからこそ、上坂さんの意見で、「それはたしかにその通りだな」と受け取れたことは、ちゃんと変えようと思いました。

たとえば、私が女性ジェンダーに対してその括りを理由にかなり甘い態度をとる件ですね。「同じ行動をしているときに、男性には嫌悪感を示しそうだけど、女として生まれた私のことは許している」「男は、女は、という主語で他人をくくるべきではない」という話。

上坂さんに言われてもなお、どうしても、男性と女性の間では、社会規範から許されてきたことが大きく異なる傾向にあるのでそれを考慮した取り扱いもある程度必要だ、というのは引き続き思っています。つまり、女にどうしても甘くなる場面は、今後もあると思います。

ただ、傾向があるからといって、男性や女性に対する先入観を正当化しすぎたり大きな主語を使う自分を許しすぎたりしていると、行き着く先は憎悪と分断だな……と、このノートをやりとりしている間に、しみじみ思うようになりました。今のインターネット見ていると本当にそう思う。女性トイレにトランスジェンダー女性を入れるな、とかですね。私はそこに行くつもりはない、行くまいと思っているけれど、反トランスジェンダーにまで至った人たちと自分の振る舞いが大きく隔たっていると断言することはできない。いつかそっちに行ってしまうことがあるかもしれない。

また、男性全般の傾向をあげつらったり攻撃的な態度をとったりしていると、その全般の男性の中に埋もれている、そうではない個人を萎縮させてしまったり、その人たちが全般の傾向に迎合するのをむしろ加速させてしまったりするのではないか、とも気づいた。それでは性差別の解消につながらない。単に過去の傷を言い訳にミサンドリーを楽しんでしまっているだけだな、と今更思いました。

性格悪いのはなおらないしなおす気もないけど、もっとフェアでマシなやり方で、人間ひとりひとりと話していけるような人間になりたいとは思う。

だって、くさらず生きたいから。くさらず生きていくには、何歳になっても「自分はまだまだ変われる」と希望を持つしかない。

くさらず生きることの一環として、先日、ガザにいる女性に三〇〇ドルを送りました。約五万円。Instagram でランダムに助けを求めていた人で、私とは縁もゆかりもない人。その人のことを心から助けたいというのとはちょっと違う、正直。自分の中の世界への責任を一ミリでも軽くするために、やれることをやっているような感覚。責任逃れです。

ただ、今ガザの物価はとてつもなく上がっており、家族で一週間暮らすための食費が五〇〇ドルかかるらしい。送金後、相手からオムツやミルクが買えたと喜びの連絡が来た時には心が軽くなったけれど、一週間経ったらまたお金が足りなくなってしまったようだった。さすがに私個人で週五〇〇ドルの支援を続けるのは難しい。頑張りたい気持ちと無力感の間で揺れて、ついでに彼氏から五日間ＬＩＮＥを既読無視されて、猫を撫でる以外に何もできない一週間でした。

上坂さんは、作品を通じて、表現活動を通じて、どこかで孤独を感じている人たちの味方になろうとしている人だと思います。私よりずっと責任感の強い上坂さんが、今一番どうにかしたいことってなんですか？　どうにかしようとする過程で、無力感を感じたとき、どうしていますか？

好き　と　嫌い

●上坂（七月一六日）

おれか　おれはおまえの存在しない弟だ　ルルとパブロンでできた獣だ

フラワーしげる『ビットとデシベル』

夏風邪が流行っていますね。私ももう一週間もずっと微熱が続き、咳と鼻水が止まりません。ひらりささんみたいに雨の中バインミーを買いに行ったりはしていないし、基本的に仕事やスナック出勤以外であまり外出しないのですが、それでも風邪をひきました。

根本的に、普通の人よりずっと体力や免疫力がないんですよね。一昨日は、お浸しを作ろうとして茹でた小松菜を絞っていたら、それだけで絶望するくらい疲れた。料理でも掃除でも洗濯でも、「絞る」という工程がかなり苦手。「絞る」ってそれだけでは何も得られなくて、床を拭くためとか、料理の水っぽさを減らすためとか、何かを実現するための一工程でしかないのですが、疲れる割に徒労感が強く、できるなら一生何も絞らずに生きたい。

だから会社員をしていた頃は、週五日フルタイムで働く代償に、土日はほとんど寝ることしかできなかった。平日にバリバリ働きながら、土日に旅行したりフェスに行ったりしている同僚のこと、意味がわからないなと思ったし、今も思っている。私が旅行に行ったらすごく疲れてしまうから、帰ってきた次の日は丸一日寝るだけの時間が必要だし、仕事の疲れが取れないまま無理して旅行に行くと、旅先で予定を潰して丸一日寝ることになる。友人といるときにそれをするとすごく心配されてしまって、私の布団を敷いてくれたり食事を用意してくれたりと、『鬼滅の刃』のお館様さながらの待遇になってしまうので、いつもすごく申し訳ない。私はただ生きているだけで、神経をすり減らして鬼を倒し続けているくらいには疲れてしまうのです。

先日、生まれて初めて有料の占いを受けました。今まで占いへの興味が薄い人生だったのだけど、母と姉が受けてすごく良かったらしく、激推しされて私も受けてみたのだ。

占い師はてきぱきとタロットカードを切って、上下左右と真ん中にカードを配置する。うやうやしく最初のカードをめくった占い師は、「上坂さんは……体力がないですね」と一言。知ってる。知りすぎている。占いを受けたつもりが健康診断を受けに来たかと思った。占い師は続ける。

「上坂さんは最強の星に生まれているので、これで体力まであったら一人でなんでも出来てしまって、他人に感謝したり、愛することを知らない人生になってしまいます。あなたは愛を知るために、体力がないのです」

……そうなんだ。私が小松菜さえまともに絞れないのも愛を知るためだったんですね。じゃあしょうがないですね。言うて体力以外にも一人で出来ないことばっかりですけどね。

そして占い師は中央のカードをめくった。

「集団とコミュニケーションを上手く取れないという特性が、人生の障害であると出ています」

知ってるよ!!!!!!人生そういうことしかないよ!!!!てか最強の星に生まれていたとしてコミュニケーションすらできないんじゃん！　それなら体力なくす必要なかっただろうが!!!　と机を叩きそうになった。


ひらりささんの「友達がやっていて、話の輪に入れそう」なことをやってしまう、そのためならマンションすら買ってしまうこと、そしてその源泉が「私の話を聞いてほしい」から来ているということ。恐ろしい、現代の寓話のようです。もし昔のひらりささんがヤンキーコミュニティに属していたら、「皆がやっているから」という理由で未成年の頃から煙草もギャンブルもやってしまうだろうし、そのまま違法薬物や闇バイトにも手を出してしまっていた未来もあったのかもと思うと、なんていうか、対象が恋愛や短歌や留学やマンション購入とかで、むしろ良かったですね。

以前知人から聞いた、〝人生には「can」なことと「can't stop」なことがあり、収入に結びつきやすかったり、人から認められやすいため、多くの人は「can」ばかりしてしまうけど、本当は「can't stop」なことを増やした方が、幸福度は高い〟という話を思い出しました。私の場合、会社の仕事は can ではあるけど can't stop ではなかった。私にとって can't stop なのは恐らく、「人生の過程で気付いたオリジナルな発見を、より多くの人々に伝えること」だと思います。きっと、これだけは生涯辞められない。その伝え方が、短歌だったり文章だったりラジオだったりSNSだったり、そしてスナックで人と話すことだったりするだけで、正直媒体はなんでもいいんだと思う。だから今、あらゆる表現や発信活動をしていることは、活動がブレていると思う人もいるのかもしれないけど、自分的には何一つブレていないのです。

ひらりさんの場合 can't stop なのは、「作品やサービスや人間を、他者に勧めること」なのかもしれないと思った。質の高いレコメンドをするために、多種多様なものをディグっておく必要があり、その活動を筋トレ的だと、ひらりさんは言った。さらに、それを筋トレと思わず、呼吸するようにできる人に憧れている（つまり、自分はそうではない）と言った。でもひらりさん、ロンドン留学中にも様々なコンテンツをディグっては人に勧めて、貴重な帰国期間には、日本の映画や展示をここぞとばかりに観に行っていたよね。それってほとんど呼吸なんじゃないかなって、私は思うよ。仮にひらりさんが無人島に飛ばされたとしても、電波さえあればスマホひとつでディグってそうだし、人に何かを勧めてそうだもん。人それぞれの can't stop なことって、他人を傷つけるものでさえなければ全て尊くて、その欲望に優劣はない。だから他人ありきでモチベーションが生まれることを、そんなに否定しなくてもいいように思う。ひらりさんの can't stop な習性に、感謝したり救われる人は沢山いて、私だってひらりさんのレコメンドによって、今の自分があるのだから。レコメンドという性質上、どうしても知識量やその幅の広さがあればあるほどいいように思いやすいけど、本来別に詳しくなくたって、積極的に情報をディグってなくたって、人に何かを勧めていいわけだしね。

……とかなんとか、私があなたを認めるようなことを言えば言うほど、もしかしてひらりさんにとっての〝負け戦〟感が強まるのでしょうか。負け戦ではないかという発言を受けて「そりゃそうだよ」と思ってしまったのですが、その理由を今から話します。

長期連載漫画で、よく人気投票企画ってあるじゃないですか。人気が上位のキャラって出番が多いことはもちろんだけど、たいてい極端な正義か極端な悪で、キャラが一貫してブレなくて、その中に奥行きのある人間性が垣間見えるような、そういう人だと思う。

最近、取材でよく「(SNSやリアルで)悪口を言ってくる人や、嫌なことをする人を見たとき、どうして落ち込まないんですか」と聞かれます。取材のときは「自分の欠点を教えてくれてありがたいと思うから凹まないですね〜」とかなんとか答える。間違いなく、それも本心ではある。でも、「その程度の奴はどうせ人気投票で下位だから相手にする必要がない。むしろそういう格下の存在によって、相対的に私の格が上がるからありがたい」と、心のどこかで思う自分もいる。このノートに書いたすべてのことは本心です。だけど、私は人気投票で上位になるようなキャラクターを分析し、自らをそこにチューニングする性質がありです。私が将来目指している樹木希林も、人気投票があったら絶対上位キャラ。……たまに、そういう自分の客観性と残酷さが嫌になります。

この交換ノートを始める前、私がひらりささんに少し苛立っていた理由がわかりました。すみません、今初めて言ったけど、正直苛立つことがありました。多分それは、あまりにもキャラがブレているように思えたからです。男性性に対する深い憎しみを吐露し、「男性を信用できないからもう恋愛ができない気がする」と言われたかと思えば、次の週には彼氏を作ってその惚気《のろけ》を聞かされたり、友人に絶交された悲しみと反省を聞かされたかと思えば、また別の友人に同じようなことをしていたり。こんなブレブレの行動を取っていたら、漫画の人気投票なら票が入るはずはありません。私が一貫性のある行動に気をつけているからこそ、そのキャラブレと主体性の無さに腹が立っていたのだと思います。

だけど交換ノートを通じてひらりささんの苦しみと行動原理を教えてもらううちに、逆にこの人は「自分という存在が希薄」という点において、誰よりも一貫性があるのかもしれないと思ってきました。「なんでそこまでわかってるのに生きづらい方を選んじゃうの！」というお約束の展開は、もはや『こち亀』の両津勘吉的な安定感すら感じさせます。〝性格悪いのはなおらないしなおす気もないけど〟という一文に、変に痺れました。私の人生観では、性格が悪いと人気投票上位キャラになれないから（相当クールな極悪人にならない限りは）、できるだけ性格は良くあるべきだと思っていたので。私は自分という存在を重く捉えて、人気キャラクターになろうとしていて、それって資本主義社会への迎合に近いよなと思うことがあります。逆に、自分という存在が希薄だからこそ、周囲の刺激をつぶさに感じ取って生きづらくなっているひらりささんの方が、ずっと真剣に、オリジナルの軸で人生をやっているのかもしれません。このことは今後の人生においてとても大切なテーマになる予感がしています。

「芯の部分はなんだかんだ頑固」と書いてくれている通り、表面的にはブレているように見えても、根本的なひらりささんの思想は、梃子でも動かないということも痛感しています。

男性、女性というジェンダーに対しての線引きが強すぎるということについて自省してくれた件、沁み入るように読みました。〝単に過去の傷を言い訳にミサンドリーを楽しんでしまっているだけだな、と今更思いました〟の一文に、一瞬、「わかってくれた」と思いかけました。思いかけましたが、すぐに、「……本当に？」と思いました。人ってそんなに簡単には変わらないし、近い未来、何かで男性全般に攻撃的な態度を取っていたり、私が女だからと優しくされたりして、（やっぱりね）と思うような気が、申し訳ないけど、すごくする。「自分はまだまだ変われる」と信じていてほしいし、実際に変わってくれたら嬉しい。けれどそういう期待をしてしまうと、それが裏切られたとき、自分の意地悪な部分を目の当たりにするのが嫌なので、自衛として、あまり期待しすぎないようにしようと思いました。

ひらりさんがくれた質問に立ち返ってみる。

〝私よりずっと責任感の強い上坂さんが、今一番どうにかしたいことってなんですか？　どうにかしようとする過程で、無力感を感じたとき、どうしていますか？〟

今一番どうにかしたいこと。それは、「世界中の人たちに、できるだけ死なないでほしい」ということです。ご老人が寿命を全うしてお亡くなりになるのはいいのですが、とくに若い人が苦しみ抜いた末に自死を選んでしまうようなことが、日常的に起きているのが耐えられない。自分も一〇代の頃は毎日死にたいほど辛かったけど、大人になったら世界との闘い方が少し見えてきて、あそこで死ななくて本当によかったと思うから。それに私が一〇代の頃より、今はSNSが発展して、タイムラインで毎日辛辣な言葉を目にするのが当然になって、さらに不景気は悪化して、若い人はどんどんマイノリティになって、より生きづらい社会になっていると思うからこそ、自分にもなんとかできないものかと本気で思う。

同時に、無力感も強く感じます。今年からPodcastや連載中の企画で、人のお悩み相談を受け付ける機会が多くなった。本当に人生がどん詰まりで悩んでいる人や、どうにもならない過去の遺恨に苦しめられている人、もはや私じゃなくて福祉を頼ってほしいと思うようなお悩みが、毎週たくさん届きます。そういうのを見ていると、自分にできることなんて本当にちっぽけで、私の言葉なんかでたいして世界は変わらないということを突きつけられる。

ひらりささんが個人的にガザに送金した話を聞いて、素晴らしいと思うと同時に、世界があまりにクソすぎて腹が立った。私が寄付や送金をしたって彼らは数日しか生き延びられないわけで、その中でいつ命を落とすかわからない状況を強いられるなんて、こんなことになる世界そのものが、どう考えてもおかしすぎる。やっぱり前提として、世界って、人生ってクソゲーだと思う。望んでもいないのに強制的に生まれさせられて、辛いことばっかり起きて、死にたくなるのが当たり前みたいなゲームシステムになっている。私たちは、そういうクソゲーの世界で生きている。だからこそ当たり前に死んでやるのは、予定調和すぎて癪《しゃく》に障ると思いませんか。こんな世界で私たちが生き延びることが、世界に対して唯一できる反抗であり、デモ活動になると思う。というか、そう思わないとやってられない。

だから私が無力感に苛まれたときは、あえて世界への怒りを思い出し、『SLAM DUNK』を読んだりします。「諦めたらそこで試合終了」ですよね、安西先生……。

ところで先日姉に会って、いつも通りすごく疲れてしまった。元々人より少ないHPもさることながら、MPをガンガン削られる感じ。私は姉のことがとても苦手です。幼い頃に日常的に虐められていたということを差し引いても、人としてあまり関わりたくないなと思っています。姉は、人気投票で言えば上位にいるタイプの悪役。しっかり人気があるところも含めて、嫌で嫌で仕方ないのです。

ひらりささんは、確執がある家族・親族っていますか？

○ひらりさ（八月七日）

誕生日おめでとう！

極悪非道な暑さが続いていますね。アスファルトまでも溶けそう。人間が溶けない温度で地球の温度がとどまっているの、ただの太陽の気まぐれなのでは？　と思います。来年あたりに気温五〇度に到達して人類は絶滅する、と言われても不思議ではない。

新型コロナウイルスの感染者数もまた増加してきましたね。我がチームは夏の間フルリモートになりました。通勤の負担が減ってラッキー！　と小躍りしていた七月でしたが、ここぞとばかりにプライベートの予定を入れた結果、罹患してしまいました。本末転倒のきわみ。私は上坂さんの少し前、七月二五日が誕生日でしたが、誕生日の朝から悪寒がしはじめて、そのまま療養に突入、寝正月ならぬ寝バースデーを過ごしました。

あ、心配しなくて大丈夫。予定をキャンセルしてたっぷり寝たおかげで、回復を通り越して、全身に力がみなぎっています。誕生日の直前期は「三〇代が半分終わってしまう……」「しょうもないことで悩んでいるうちに五年経っていた気がする……」とミドルエイジメランコリーに苦しめられていたのですが、不思議です。コロナウイルスと一緒に、体内にいたグジグジ虫が排出されたのかもしれません。この交換ノートが始まってから初めて、調子がいいと思っています。

今日は一か月ぶりくらいに自炊をしました。ナイスな兆候です。上坂さんはおそらく、病めるときも健やかなるときも家計に優しく自炊を心がけているんだろうなと思われますが、私はコンディションのととのったときしか自炊ができません。元気のあるときだけ楽しめるスポーツ競技なのです。七月はマクドナルド、近所のバインミー、ヤマモリのレトルトカレーをローテーションして乗り切りました。

久しぶりの自炊メニューは夏野菜の焼き浸し。野菜を切って焼いて、だしにつけるだけ。昨年の夏に手軽さを知って以来、好んで作っています。力の必要な動作もないので、疲れているときにおすすめです。でもカボチャを切るときにはかなりＨＰを消費したな。使う野菜には注意してください。焼き浸しを作る気になった時点で元気の芽はあったのですが、焼き浸しを美味しく作れたら、もっともっと元気になりました。自炊って、自己効力感を育てるのにとても良いアクティビティですね。なんなら上坂さんの家に小松菜の水気を絞りに行きたいくらい、エネルギーが有り余っています。

アヌビスはわが魂を狩りに来よトマトを齧る夜のふかさに

吉川宏志『青蟬』

振り返るとこの数年、自分のなかの歯車がどこかで刃こぼれを起こしているような感覚があって、これはもう戻らないのかなと諦めていました。前も書いたけれど、「もうこの自分、ピークなのでは？」という気持ちが常に居座っており、だましだまし生きていたのです。

それが八月初めの現在は、新しい人に会いたかったり、アクション映画で興奮したくなったり、本を次から次へと読みたくなったり、小松菜絞りたくなったり……、多方面にモチベーションがわいてきました。こういうときは正常ではなく躁に該当する域のことも多く、気力の前借りであとから鬱が襲ってきたりもするので要注意ですが……今回は、体内でなにかのモードが切り替わった感じです。なんとなく、新しくプレイしたいゲームが見つかったのかもしれません。ＩＴベンチャー会社員でも、誰かの恋人でも、不動産を買う女でもないやつ。

自炊のような小さな一歩から始めればよいという手応えをつかめたのは、大きいです。私は、芥川賞の受賞ニュースを見ると（別に小説を書いてないのに）「世界で私だけ文学賞とってない気がする……」と絶望し、（別に書いてない）小説以外のことまで投げだしたくなるタイプなのです。NO MORE ゼロイチ思考。とりあえず今持っている手札を見る。新しく何かを始める場合は、自分のレベルに合った目標を立てる。

当たり前のことを思い出したら、なんだか無力感が軽減しました。上坂さんの無力感との向き合い方、私と全然違って面白かったです。大きな世界への怒りをブーストさせる方に行くんだね。みじんも参考にはならなかったけど、そういう全然違う上坂さんも、この世界への無力感を抱えながら生きているというのは、とても心強いです。


少し話は変わるんだけど、変に「身の程」をわきまえるのはやめたいな、ということも考えました。

「違法薬物や闇バイトにも手を出してしまっていた未来もあったのかもと思うと、なんていうか、対象が恋愛や短歌や留学やマンション購入とかで、むしろ良かったですね。」

実のところ、違法薬物や闇バイトにガードなく手を出せる人間のほうが良かった、と半分くらいは思っています。嘘をつくのが苦手だし、人に黙っているのが苦手なので、仮にそういうものが流行っている友人関係のなかにいたとしても、検挙されるような触法行為には手を出さない自信がある。ちなみに、ホストクラブと女性用風俗も、友人に誘われても行かないもののひとつです。ただ、一回だけホストクラブに行ったことあるけど、そのとき好きだった男性と行って酔っ払ってキスして帰ったので、ホストにはまったくはまりませんでした。ここまで振り返って、そうか、恋愛が分泌する膨大な脳内物質が、恋愛以外で依存性の高い危険行為に引き寄せられるのを妨げてきてくれたのかもしれない、と思い至りました。

恋愛に関しては、「人と話を合わせたくて」なんて大嘘でした。周りがドン引きしてるのに、異常な執着や行動力を発揮してしまう。私が違法薬物や闇バイトというわかりやすく刺激的でアウトローなジャンルに行かないのは、恋愛のせいであり恋愛のおかげだったのか。他人という峠をハイスピードで攻めては命からがら帰ってくる恋愛F1レーサー。

でも改めて、自分の中のエネルギーを、持続可能に生きていくのに振り分けていきたいなと、今は思っています。これは三五歳という節目を迎えたのもあるけれど、この交換ノートのおかげもあると思います。上坂さんって、私という意識体にとってはウイルスに近いのです。そういう存在の思考にさらされ、全面降伏しそうな過程をのりこえて、自分と向き合いなおしたことで、自分の思考や感情のしこりがデトックスされた気がする。

上坂さんの思考様式に屈服しすぎずにこう思えるようになったのは、前回のノートの効果が大きい。can と can't stop の話は、すごく私に寄り添って書いてくれて、ありがたいなあと思った。上坂さんからのエールを感じて、あたたかく読みました。でもその後の、「私は人気投票で上位になるようなキャラクターを分析し、自らをそこにチューニングする」ってところ。正反対だ！　と思った。

わかる、知っています。マンガやアニメに限らず、一貫性がある人間のほうが支持されるということ。最近、『選ばれる人になる「パーソナルブランディング」の教科書』なる本を読んだのですが、おおむねそういうことが書いてありました。すべて「おっしゃる通りでございます」ということしか書いてなかった。

人生の中で何度も何度も挑戦してきたのに、どうしても私の自意識が邪魔をして断念してきたことこそがまさに「自分を一貫した存在として他者にアピールする」ということ。もうね、本当に無理。考えるたびに虫酸が走る。正直、自分のペンネームを「ひらりさ」で一貫させるのすらしんどい。最初の本を出すときに編集者から「なぜSNSのアカウント名をコロコロ変えるんですか?」と言われて、顔から火が出る思いをしたのを今でも思い出します。最近は「ひらりさ」で固定しているので、それでもずいぶん迎合したなあと思います。

上坂さんは、資本主義社会への迎合に「近い」と書いていたけれど、資本主義社会への迎合そのものである、と思っているよ。選ばれたくて選ばれたくて仕方ないのに、選ばれるための行動を耐えがたいと思ってしまう己の天邪鬼がにくい！

でも上坂さんが、迎合に近いと思いながらも、己の姿勢を貫いていられるのは、思想の背骨に「世界中の人たちに、できるだけ死なないでほしい」という信念があるからだよね。私もそういう、自意識のためらいなんて後ろに置いていけるような大きなテーマを自分の中に持てれば、「選ばれるパーソナルブランディング」が苦じゃなくなるのかなあ……。

ああ、いけない。また上坂さんと同じメソッドで人生をやろうとしてしまった。いっそ、一貫性のない自己のまま開き直っていくというのを一つのテーマにしてみるほうがいいかもしれない。私は結局、人気投票一位のキャラクターにそんなにひかれないのです。人気投票だと中くらいなのに、同人ジャンルだとやたらコアな描き手が多いサブキャラを目指していきます。

さて、家族の話か。よくよく考えたら、恋愛か、仕事か、友達関係の話ばかりで、上坂さんと家族の話を顔を合わせてした記憶があんまりないね。

「ひらりさんは、確執がある家族・親族っていますか?」

この質問、なかなか難しいね。今、仲の悪い家族はいないです。ただ、母と父の不仲という状況とその果ての離婚というイベントによって、私の生活は大きく左右されてきたから、母と父それぞれに確執を感じていた時期はあるよね。あと、これは「きょうだいあるある」

ではないかと思うけれど、母からは、弟の性質と私の性質を比べて叱責されることもあった。それを通じて弟への確執を多少感じていた時期もある気はする。

でも、今はないと思う。それはわだかまりが解けたという話ではなくて、単純に、大人になってから、私の世界のなかで「家族・親族」が占めるサイズがものすごく小さくなったからだ。確執はどこかには引き続き存在しているんだろうけど、それにあわせて小さくなってしまったんだと思う。

泣き言も尽きてしまった円卓で上海蟹があかあかと照る

十和田有『流刑』

上坂さんがお姉さんとの確執をいまだに感じるのは、上坂さんの世界において、家族・親族の存在がいまだに大きいということなのかなと思った。それは、上坂さんが、血縁とのつながりを大切にしている証拠だよね。世界に向けての怒りをめらめらと燃え上がらせると同時に、自分を取り巻く身近なものたちへの感情と新鮮に向き合っているのは、まさに上坂さんの短歌から見えてくる上坂さんそのものだなと思う。

そうやって見ていると、お姉さんに会わないで済ませたらいいのになと私は思ってしまいます。でも、上坂さんって意外と「無理」って思っている相手であっても、ぎりぎりまで向き合うことをやめない人だよね。私ともそうだし。

今回、私にとって上坂さんがウイルスだという書き方をしたけれど、裏を返せば上坂さんにとって、私という存在もウイルスくらいには異質なものだと思います。この往復書簡は上坂さんが「靴底の異物」について告白するところから始まりました。この往復書簡を続けるなかで、その痛みは増幅しなかったでしょうか？　それとも、痛みは軽減したのでしょうか？

私たちって、この往復書簡終わったあとも、友達？

●上坂（九月一三日）

ひらりささんの誕生日が過ぎ、私の誕生日が過ぎ、非道な暑さが少しおさまり、夕方のコンクリートに秋の匂いが漂う今日この頃です。はい、つまり私がお返事を一か月以上止めていました。新種のありあまるエネルギーを得たというひらりささんは、その後どうお過ごしでしょうか。

七月と八月はずっと演劇をやっていました。ひらりささんも仕事と恋愛に振り回されながらも観にきてくれたよね。素敵なお土産までいただいて、ありがとう。初めての演劇という経験を通してすごく色々なことを考えて、今日はその話を聞いてほしい。

まず稽古が始まってすぐの七月中旬、スタジオの目の前の道でめちゃくちゃにコケました。顔からコンクリにつっこみました。手に持っていたスマホが数メートル先まで飛んで行きました。車や自転車が飛び出してきたわけでも、障害物があったわけでもなく、何もない道で、たった一人でものすごいコケました。右顎を強打したせいか、歩いても歩いても体が右方向に寄ってってしまうのですが、一三時からの稽古に遅れてしまうと思って、ふらふらしながら稽古スタジオに辿り着きました。

鏡を見ていなかったのでわからなかったのだけど私は血まみれだったみたいで、スタジオは騒然となり、スタッフの皆さんの「近くの病院は⁉」「顎打ちました⁉　何か冷やすもの！」「救急箱どこ⁉」という声が飛び交っていました。共演者の皆さんも心から心配してくださいました。一方で私は、身体は大変なことになっていたけど、頭の中はすごく冷静だった。なぜなら私にとって、自己都合負傷イベントは数年に一度、わりと発生するものだから。数年前も会社の昼休みに、やっぱり何もないところで一人でものすごいコケて、やっぱり血まみれで午後の会議に出たことがありました。「このくらいのふらつきなら脳に影響ないな」とかわかるほどに転びの経験値がありました。あ、もちろんその後病院に行って検査は受けましたが、幸いなことにやはり外傷のみだった。

結論から言えばこの怪我は一週間ほどでほぼ治り、役としての見た目にも支障をきたすことなく終えることができた。もちろんスタッフの皆様の迅速な対応と、怪我を少しでも早く治すためにキズパワーパッドを買い込んで、栄養のあるものや亜鉛サプリを積極的に取るなど、私自身も全力を尽くしたおかげもあるかもしれません。転び慣れすぎている。

各所に迷惑や心配をおかけしたことを大変申し訳ないと思いながらも、自分のせいで自分が傷つくことを、私はあまり嫌いではないと気づきました。もちろん怪我はできればしたくないけど、他人に傷つけられる方がずっとずっと嫌なので。他者からの否定によって悩むくらいなら、自己否定で悩みたい。私を傷つけられるのは私だけであってほしい。その裏返しで、私を救えるのも私だけであってほしい。他人に傷つけられたくないのと同じくらい、私は他人に救われたくないのだと、思いました。だから私には〝推し〟みたいな存在がいないのかもしれない。

今更だけど、演劇って一人じゃできなくて、できなさすぎて、びっくりした。共演する俳優さん以外にも、脚本・演出家、美術担当、音響担当、衣装担当、音楽担当、映像担当、舞台監督、舞台監督助手、全体進行担当……ありとあらゆる方の力を合わせないと形にならない。稽古が中盤になってからこのことにふと気づき、え、これめっちゃ集団じゃん……と恐れ慄《おのの》き、立ち尽くした。

あのときSちゃんは、「あなたは、皆が自分と同じくらいの腕力があると思っているよね」と言ったのです。忠告するでも糾弾するでもなく、単に事実を述べているという口ぶりで。美術大学にいた頃、協調性が低い私は一人で完結する作品ばかりを作っていて、Sちゃんとのそれが初めてのグループ制作でした。私がかねてからやってみたかったプロジェクトを勝手に立ち上げ、その実現には人手が要るのでSちゃんをスカウトしたところ、まあ興味なくはないしいいよ、という感じで引き受けてくれた。プロジェクトにおいては、言い出しっぺの私とSちゃんがリーダー的な立ち位置で、その他にも制作スタッフが五人ほどいた。始動からしばらく経ったとき、Sちゃんはスタッフたちとの会議に度々遅れてきたり、その日が締切のタスクをやらずに会議に来たりするようになった。そんなSちゃんに、私は「仮にもリーダーというポジションなのにそういうことをすると、みんなの士気が下がってしまうよ」というようなことを、躊躇なく言った。きっとわかってくれるだろうと思って。Sちゃんはすぐさま、本当にごめん、と謝ってくれた。その後、下を向いたまま、「あなたは、皆が自分と同じくらいの腕力があると思っているよね」と言った。

美大と言えば暴力的な量の課題と言えるくらい、美大生は忙しい。みんな課題が終わらず日常的に徹夜している。さらに課題の制作費を賄うためにたくさんのアルバイトをしている人も多い。そんな中で立ち上げる自主プロジェクトというのは、単位にもならないしお金がもらえるわけでもない。体が強い方ではないSちゃんは、当時限界を超えるほどに忙しかった。それに元々私の希望だけで始めたプロジェクトで、Sちゃんと私が同じ熱量を注げるわけがなかった。むしろ熱量もなければメリットもないのに、よくあそこまで付き合ってくれたと思うべきだったのです。

あれ以来、私は集団でものづくりをすることに強いコンプレックスがある。いや、より正しく言えば「集団の中で自ら舵を取り、自分がつくりたいものを実現させる」ことが怖いのだと、今回気づきました。これは前に立つのが嫌だとか、リーダーとして責任を取るのが怖いという話では全くなく、むしろ前に立つのも、責任を取るのもかなり好きな方。ただ私が舵を取ることで、他人の気持ちを無視した要求を続けまくり、結果として集団が不幸になるのではないかという恐怖が強くある。

ひらりささんは「ポケモン自己診断」ってやったことありますか。数年前に、株式会社ポケモンセンターが新卒採用のPRとして作ったWEBコンテンツです。今はもうサイトを閉じてしまったみたいですが、いくつかの質問に答えていくと、二〇種類のポケモンから自分の性格タイプが診断されるというものでした。これが当時勤めていた会社のチーム内で流行ったことがあり、私もやってみると、結果は「カイリキー」でした。カイリキーには筋肉隆々の腕が四つもついており、その名の通りパワー系のポケモン。診断の結果には「ストイックなアスリートタイプ。中途半端なことが嫌いで、妥協はしたくない性格です。他人にも高いレベルを求めるので、相性がよい人は限られてくる傾向にあります。周りの気持ちを考えながら接するとよいでしょう」と書いてありました。美大を卒業して会社を辞めて何年経っても、私の性根はカイリキーなんです。その腕力を他者に向けてしまうのが怖くて、私は集団でのものづくりを避けて避けて、そして短歌に辿りついたのかも。

だから集団でのものづくりというのは、すべからく「関係性の悪化」という谷の上で行う綱渡りのようなものだと思っていた。だけど今回参加させてもらった演劇では、最初から最後まで空気がピリつく瞬間が全くなくて、でも素晴らしい作品にすることができて、本当に驚きました。

その大きな理由の一つとして、演劇において舵取り役である脚本・演出家の方が、ほぼ

「月野うさぎ」だったからだと思います。……本当はこれもポケモンで喩えられたら流れ的に綺麗なんだけど、もうあまりにも月野うさぎだったのでこれでいきます。彼は日常生活もままならないほどおっちょこちょいで（何もない道でコケてる私に言われたくないと思いますが）、打算が苦手。だけど周囲の人を大切に大切に思っている。一つのことに集中すると周りが見えなくなるので、舞台や小道具にぶつかって壊すんじゃないかということを周囲に危惧され、稽古中、舞台上にあがることすら禁じられていました。演出家なのに。そんな彼を、劇団の皆やスタッフの方々は「もう、〇〇さんは」「いつものやつだね」と笑いながらも、そこには深い信頼が感じられました。私も関わっている作品なので手前味噌になってしまいますが、実際に彼が作り出す舞台は素晴らしかった。そのクオリティを、才能を、引力を、皆は信じているのです。その上で彼のドジに愛を持ってツッコむ皆の姿は、同じセーラー戦士のレイちゃんやまことちゃんを彷彿とさせました。

こんなふうに、健やかな愛と信頼で成り立つ集団があるのだ。カイリキーはこのとき、生まれて初めて、月というものを知りました。

月を見つけて月いいよねと君が言う　ぼくはこっちだからじゃあまたね

永井祐『日本の中でたのしく暮らす』

ひらりささんが書いてくれた「自分を一貫した存在として他者にアピールする」ということの気持ち悪さ。ひらりささんと種類は違うけど、実はわかる部分もあるのです。私が短歌だけでなく、エッセイ書いたりラジオやったりスナックやったり、それこそ演劇をやったりしていること、場によってそれっぽい理由を述べては来ましたが、本当の理由は「わかりやすいラベリングを持つ存在として見做されることがどうしても気持ち悪い」からです。だから他の人は全然平気そうなのに、自分だけがどうしても虫酸が走るというあの気持ち、わかるよ。色々な表現をやって肩書き不明になるよりも、文筆だけをやっていた方が、人に説明するときにわかりやすいし、メディア側も企画に呼びやすいし、マーケティング戦略としては絶対にそっちの方がいいのはわかっている。むしろ漫画の人気投票として考えても、属性がわかりづらすぎるので上位キャラに反する行動だとすら思う。

でもそういう恩恵を受けることよりも、自分が思う「楽しい」を優先させて生きることは、私にとっては資本主義社会への、かすかな反抗なのだと思います。ちょっと大げさでしょうか。でも多分、そうです。

家族の質問について、答えてくれてありがとう。関係性で何かが変わったわけではなく、自分の世界において相対的に小さくなっていったという意見、面白かった。

「上坂さんがお姉さんとの確執をいまだに感じるのは、上坂さんの世界において、家族・親族の存在がいまだに大きいということなのかなと思った。それは、上坂さんが、血縁とのつながりを大切にしている証拠だよね。」

え……どうなんだろう。もしそうだったらマイルドヤンキー的ですごく嫌だ！　と反射的に思ったけど、実は私ってその通りだったりするのかな。うーん。

……一〇分くらい考えたんだけど、やっぱり違うかも。血縁を大切にしているのではなく、私が興味があるのは私という物語をどう描くかということで、それにあたって接触機会の多い家族は重要キャラを担っていたというだけかも。うちの家族は特に、父も母も姉もキャラが立っているし。そして姉との確執がいまだにあるのは、それほどまでに幼少期に受けていた身体的暴力が壮絶だったこと、なのに姉の中ではそれがほとんど無かったことにされており、あたかも「昔からずっといい姉だった」っぽい振る舞いをしてくることへの苛立ち、そして姉が現在進行形で怪しげなビジネス（私からすれば）をやって、資本主義社会にゴリゴリ迎合して、むしろその流れを加速すらさせて、私より余程たくさんのお金を稼いでいるためです。

なら姉に会わなければいいというのはその通りだよね。だけど、姉の娘、つまり私にとっての姪のことを、放っておけない気持ちがある。現在一四歳の姪は、性格や趣味嗜好が姉よりも私に近いのです。家族の中で自分だけが異物だと感じるあの孤独を、私だけはわかってあげたいと思ってしまうし、姪に会おうとすると必然的に姉に会うことになってしまう。嫌いな奴の娘なんだから放っておいたらいいとは、私には思えない。だって「あいつの妹だから」「あいつの娘だから」みたいに、個人ではなく血縁で価値を決めるという行為は、姉や父を憎んでいた思春期の私がされて一番嫌なことだったから。

それから冒頭に書いた通り、私を傷つけられるのは私だけであってほしいことの裏返しで、過去に私を傷つけてきた人に対して執着が強いのかもしれない。「いじめた側は忘れているが、いじめられた側は一生覚えている」って、本当なんだな。

前回のノートで、ひらりさんにとって私は「ウイルス」だったんだと思ってウケたけど、それでいうと姉という存在が、私にとってのそれかもしれない。姉というウイルスの存在によって、相対的に私は自分と、そして血縁と向き合うことから逃れられない。

そう考えるとひらりさんは、私にとってはウイルスではない。ほら、コロナウイルスも人間にとっては有害だけど、コロナウイルス側からしたら人間はむしろ媒介者としてありがたい存在なわけだから、もしかして相互的なウイルス関係（ウイルス関係？）って成立しないのかもしれないよね。姉の言動によって私はかなり自分の人生をチューニングさせられたけど、ひらりささんの思考や行動で、私の人生が揺らいだことはない。あなたと接するとき、「いやいやそれはさあ」と思うことはあっても、今は特に苦痛は感じない。往復書簡の最初に書いた告白は、ひらりささんが真摯に受け止めてくれた時点で、痛みはほとんど無くなった気がする。私にとって解《げ》しがたかったひらりささんの思考パターンを少しずつ紐解いてくれたことも、共感はできないけど理解はできた気がするから、やっぱりこの往復書簡をやってよかったなと思ってる。

でも私が姉と接しているときのような苦痛をひらりささんに強いていたんだと思ったら、少し背筋がぞっとした。だってそれって、方向性は違えど私と姉は似ているかもしれないってことだ。薄々気づいていたけど、あなたと私の関係において、どちらかといえば私が加害者側なのだろう。むしろ、どうしてひらりささんは私のことが嫌にならないの？

逆にここからあと何をしたら、私のことを嫌いになりますか。

去り際の女はやをら振り返り羊の顔で笑ふのだつた

石川美南『裏島』

○ひらりさ（一〇月一三日）

涼しくなってきましたね。

この交換ノート史上、過ごしやすい天気と思えたのは今日が初めてだという気がする。寒すぎるか、暑すぎるか、台風と土砂降りだったときのことしか覚えていない。

地球温暖化が日本の気候を激変させているのは明らかだけれど、この一年、ほぼ在宅勤務だったせいで、季節の変化への感受性が鈍くなっているのも事実。今だって、涼しいのは嬉しいけれど「涼しい夏」くらいに脳が判断していて、秋服を買いに行く気にならない。スイッチを切り替えようと、出かけるときにつける香水をウッディでムスクの利いたものに替えました。

『飽きてから』出演おつかれさまでした。

上坂さんがよんだ短歌から着想を得てシナリオが作られたという演劇。事前情報を見て、「芝居の最中にスクリーンに短歌がうつしだされるのって、くどかったりしないのかな……」と勝手に心配していたのですが、おおいなる杞憂でした。演劇は演劇として、短歌は短歌として立っているうえで、お互いに響き合っている感じというか。説明過多だったり表現が過剰に感じたりする瞬間がまったくなくて、同じジグソーパズルのピース同士が、ぴったりはまりあうように構成されていた。すごい！　春に一緒にやった歌会に上坂さんが持ってきた短歌が、劇中でも使われていたのもすこし嬉しかったです。

曇天に海白めいて明日からもう来なくっていいよのリズム

脚本・演出：三浦直之　短歌：上坂あゆ美　劇と短歌『飽きてから』

「ロロ」の舞台は過去に観たことがあったから、ものすごくきちんと演劇をやってきた劇団なのは知っていた。だからその舞台に、全く俳優ではない知り合い、歌人としてデビューする前から知っている上坂さんが立っているのを観る事態が起きるとは思ってもみなかった。

ロロを前回観たのは、たしか六年前かな。上坂さんと知り合ったのは五年前。五年も経つといろんなことが起きるね。五年前、上坂さんと会ったばかりのときの私に言ったら「一体なにがどうなって？」と疑問符を浮かべるだろう。まあ、美大でのエピソードを読むと、昔の上坂さんのほうがびっくりするるか。

でも、いきなり集団作業ができる上坂さんにアップデートしたわけではないよね。短歌をつくってエッセイを書いてラジオをやってスナックをやって……。積み重なってきた上坂さんの歴史が、上坂さんを少しずつ、あの舞台まで連れてきた。上坂さんの腕力は引き続き強いものだろうし、ロロが、抜群のキャッチャーたちが集まった集団であることも間違いないだろうけど。それでも、上坂さん自身の投球コントロール力が、この五年でずいぶん変わったんじゃないかと思うのです。

このノートを交換しているあいだ、上坂さんは一切の妥協をせずに全力ストレートの球を投げていた。私は、全然大丈夫だったよ。ところどころ「痛い」と感じるところはあったけれど、致命傷ではなかったし、必要な痛みだったし。それは私が鈍感とか強いとか以前に、上坂さんのコントロール力と自制心と、私への信頼がなせる技ではないかと思います。上坂さんが、思いきり球を投げ続けてくれたこと、私は信頼であり敬意だと思っているよ。

カイリキーの説明文を読んでみたけど、「近接戦において死角なし」なんだね。目の前の敵に拳を繰り出すことに執心していたカイリキーに、月を見上げる余裕ができたなんて、もう無敵じゃないですか。

ポケモン自己診断のこと、私は知らなかった。こんなにソーシャルメディア狂なのに。調べたら、サービスは二〇二三年末に終了していた。悔しい。恋人がポケモン大好きなので、こんな診断があったなら、教えてあげたかった。仕方ないので、インターネットに散らばる断片を眺めて（本当の意味での）自己診断を試みました。メタモンです。アーカイブに残された説明文によれば「相手に合わせて変化できるキミ！　でも、自分を見失わないで！」とのこと。カイリキーと違って、人に傷つけられたり傷つけたりを自ら望むかのような人間関係を繰り返してきたメタモンには身にしみる言葉です。近い遠い以前に、輪郭がなくて、ずぶずぶのべちゃべちゃですから。

私は私で、この五年でずいぶんと違った生き物になったと思う。良い変化かはわからない。その過程で失った信頼や人間が多すぎて、「良い」と言えない。とりあえず、「落ち着いた」とは言える。

もしやと思って調べてみたのですが。メタモンって進化しないポケモンなんだよね。やはり私はメタモンなのかもしれない。進化を封じられながら、ぐんにゃりぐんにゃりと他人の真似をしつつ、輪郭のあいまいな自己から逃れられないメタモン。いやはや、私すぎるな。

メタモンであるところの私も、カイリキーの快進撃に焦る部分がたくさんありました。この往復書簡をしているあいだ、焦りどおしだったと言っても過言ではないでしょう。『飽きてから』を観ている間ですら！　おもしろいけれど、席に座っているお尻がちりちり焦げている感じがあった。

演じている側と観ている側が同じ空間にいて、でも歴然とわかれていて、対峙してもいる。上演というのはとてもふしぎな行為だね。「今すぐこの席を立って何かやらなきゃ！」という気持ちにさせられました。まあ最後まで見て、上坂さんにお土産渡して、一緒に友達と馬刺しを食べて、べろべろに酔っ払って帰ったんだけど。のらりくらりと。メタモンだからね。

ずっと止まっていた心臓にＡＥＤを当てられたような鑑賞体験でした。無意識に止めていたものがあることに気づいた。動かしたいな、と思いました。


お姉さんのこと、ちゃんと書いてくれてありがとう。断片的にしか聞いたことがなかったので、かなり憶測で書いた言葉を投げかけてしまったと思う。いろいろと納得しました。私は家族とフィジカルな喧嘩をしたことがない。兄や姉はいないし、下も同性ではない、弟だし。家族仲が悪く、父親はリモコンや食器を投げて割るなどもしていたし、父と母の間では身体に対する暴力も見られた。だけど、それが私に向けられたことはなかった。また、それらの暴力には、私にとって理解可能な理由があった。少なくとも私は納得してしまっている、小さい頃の環境について話を振れば、母親は覚えているし、謝ってくる。父親のことは会わないし、どうでもいい。上坂さんとお姉さんの関係と、まったく異なるね。
上坂さんと私の関係において、上坂さんをウイルスと表現したのは、誤解をもたらしたかもしれません。上坂さんと接しているとき、苦痛も強いられも発生していないです。単純に、私の輪郭はつねにデフォルトで揺らいでいるから、上坂さんに限らずすべての世界に対して、焦って、傷ついて、輪郭を乱しています。そのなかでも、自分の軸が確固たる相手にはついついべったりと取りついて、もはや自分自身を手放したい欲求にすら駆られてしまうので、その欲求に屈服しないように頑張らなければならなかったという話です。そんなことが、上坂さんからの加害であるわけがない。どちらかというと、私のほうが、ウイルスじゃん。

人と人との関係は本来、被害と加害という二元的なタームでは、いいあらわせない相互作用を持つと、私は思っている。人間と人間がかかわると、なにがしかの影響が生まれる。その影響を強く受けたくなってしまう。その過程で、予想外のことが起きたり、得たり、損なわれたりする。その損ないが極めて大きいときに、加害と被害を切り分けたり名づけたりする必要が生じる、というふうに捉えている。ただ、原則は、相互作用だ。主体と客体はそう簡単に切り分けられるものではない。私はそう思う。

こんなことをえらそうに言える立場ではない自覚はある。私が過去に傷つけた人たちがこの文章を読めば、吐き気を催すかもしれない。「傷つけてしまう」とか「害した」なんて、さらりと認めるだけでも怒られるに違いないと思うほどに、私は人を傷つけたり害したりしてきたから。昨年、この上坂さんとの交換ノートを始めた時期も、かなり精神的な揺らぎがある時期だった。一度理由をぼかして絶交された人から「自分の加害を自覚せずに他人の加害を批判していることに怒りを覚えた」という連絡がきた。その人には今でも連絡を返せていない。どうして返せていないかというと、いくつか理由があるけれど、彼女を私が脅かしたことについては「悪い」とは思うけれど彼女の言っている論理に（彼女が「被害者」であるにしても）同意することができないためである。応答しないのが無責任だと言われたらその通りでしかないのだが、むやみに応答するのも無責任だと思うので、まだ応答の内容を考えている。もしかしたら一生考えるのかもしれない。ストレートに謝ったほうが楽だと思うけど。意味がわかっていないのに謝るのが一番良くないと思っている、今の自分は。それが相手を苦しめ続けるとしても。だから、これは完全に加害者側の論理だね。

加害性　風をはらんで衣擦れるタイプライターシャツのかたさよ

十和田有

このように、私はすでに加害者側の人間だったことがいくらでもある。ここでは言えないくらいの加害者だったことが。だから上坂さんが私を加害してもよいとか、私と上坂さんの関係においても、私が結局加害者だとかそういうことではなくて。私は上坂さんに応答しているし、上坂さんも私に応答している。互いの信頼と敬意が尽きてしまわない限りは、「被害者」と「加害者」という言葉を導入しなくてもいいのではないかと思うのです。私たちの関係はどっちも悪いし、どっちも悪くない。どちらかだけがウイルスということもない。「どちらかといえば加害者かも」などと思えている時点で、大丈夫。あなたのお姉さんにはその発想もないと思うよ。そこが、上坂さんとお姉さんの決定的な違いでしょう。

いつかだめになってしまうかもしれないけど、いまは大丈夫。いつかまじわって、ぶつかってしまうかもしれないけど。まだ、まじわってないから、私たち。

だからさ、「どうしてひらりささんは私のことが嫌いにならないの」なんて質問されても、答えられないよ。必要のない問いだから。あと、自分でもわかんない！

四月に買った中古マンションのリノベーション工事がまもなく完了します。この週末は引っ越しのために、段ボールにひたすら本を詰めていました。準備を始める前は作業量を思って憂鬱になっていたのに、意外と楽しい。二年でたまりにたまったものたちを、新居に持っていくものと捨てるものに分けています。ゴミ袋が増えるにつれて、なんとなく自分のからだも軽くなっていく気がする。この、捨てる行為がしたくて、マンションを買うという方法をとったのかもしれない。

別に、いつ捨てても、いつ手放してもよかったことに、作業をしながら気づく。自分を取り巻くものなんて、いつでも捨てられる。これが自分だって決めなくていいと改めて思う。身に付けているものも、付き合っている人も、会社も。ていうか、会社やめようかな。

上坂さんに借りっぱなしの歌集が出てきた。

ねえ。次いつ会える？

初出　ＷＥＢ「大手小町」連載「まじわらないかもしれない」
（二〇二三年二月〜二〇二四年六月）を、書籍化にあわせて
加筆・修正いたしました。
出典の表記がない短歌は本作が初出、「好きと嫌い」の章は書
き下ろしです。

装幀　藤田裕美

上坂あゆ美

1991年、静岡県生まれ。歌人・文筆家。Podcast番組『私より先に丁寧に暮らすな』パーソナリティ。2022年に出版した第1歌集『老人ホームで死ぬほどモテたい』が話題に。その他の著書にエッセイ集『地球と書いて〈ほし〉って読むな』などがある。

ひらりさ

平成元年、東京生まれ。女子校とBLで育った文筆家。オタク女子ユニット「劇団雌猫」メンバー。女オタク文化からフェミニズムまで、女の生き方にまつわる発信を行う。著書は『沼で溺れてみたけれど』『それでも女をやっていく』。劇団雌猫名義の編著に『浪費図鑑―悪友たちのないしょ話―』『だから私はメイクする』などがある。

友達《ともだち》じゃないかもしれない

2025年5月10日　初版発行

著　者　上坂《うえさか》あゆ美《み》
　　　　ひらりさ

発行者　安部順一

発行所　中央公論新社
〒100-8152　東京都千代田区大手町1-7-1
電話　販売 03-5299-1730　編集 03-5299-1740
URL https://www.chuko.co.jp/

DTP　嵐下英治
印　刷　三松堂
製　本　大口製本印刷

Published by CHUOKORON-SHINSHA, INC.
Printed in Japan　ISBN978-4-12-005913-1 C0095